掀开人生的灰布

林玉椿／著

路过心上的经典散文
邂逅一生的悦读，愿你翻过每一页

线装书局

图书在版编目(C I P)数据

掀开人生的灰布 / 林玉椿著. —北京 : 线装书局, 2019.11(2022.7)
ISBN 978-7-5120-3722-9

Ⅰ. ①掀… Ⅱ. ①林… Ⅲ. ①散文集—中国—当代 Ⅳ. ①I267

中国版本图书馆 CIP 数据核字(2019)第 150823 号

掀开人生的灰布

著　　者：林玉椿
责任编辑：张　倩
装帧设计：宋双成
出版发行：线装书局
地　址：北京市丰台区方庄日月天地大厦 B 座 17 层(100078)
电　话：010-58077126(发行部)　010-58076938(总编室)
网　址：www.zgxzsj.com
经　　销：新华书店
印　　刷：唐山富达印务有限公司
开　　本：640mm×910mm　1/16
印　　张：18
字　　数：223 千字
版　　次：2022 年 7 月第 1 版第 2 次印刷
印　　数：10001—20000 册
定　　价：49.80 元

线装书局官方微信

在阅读中优雅老去

二十岁时，第一次去凤凰，不为古镇美景，只为能与偶居夺翠楼的黄永玉先生见上一面。

时逢雨季，沱江奔啸，烟波微茫信难求。苦待数日，仍没能等到想见之人。

在清冷的雨丝中独自徘徊，满心失落。无意走进一家书店，里面尽是沈从文先生的文本作品。无处可去，只好在僻幽的角落里翻阅旧籍。而后，一发不可收拾。

回程当日，总觉有重要东西遗落城中，寻思许久，才跑去那条巷子的书店里买了本周身泛黄的《边城》。这本有着深蓝小印戳的《边城》，至今仍安躺于我的书柜里——它不仅使我在未果的行程中找到些许补偿，更让我在之后的时光无比怀念二十岁的自己。

再后来，兴许命里所定，真与书结下了不解之缘。不但自己看书写书，更领着诸多热爱文学的人走上了自己想走的路。

我经常跟学生们说，阅读是写作的命脉，只有不断阅读，才能保持创作角度的新颖和思维的敏捷。然而，阅读所赐予的，又何止是这些？

不管在何时何地，只要手中捧着一本书，心里便会觉得安然。书不但能排遣无聊的寂寞，将岁月的伤痛逐一缝补，还能把心灵淬炼成一块玲珑美玉。

一个爱书之人，必是睿智且沉稳的。遇事不惊，处之泰然。古人所说的"腹有诗书气自华"，便是这意思。

生命本就是一次有限的跋涉。一个经常看书和一个经常沉迷在网游世界的人，心灵绝对是不一样的。前者，往往更能体悟一叶一菩提的真谛。

书本所给予心灵的力量，是不可言喻的。十年寒窗，说的并不是读书人的艰辛，而是意在表述读书人的坚忍和不懈。试问，有多少人可以在寒窗下十年如一日地重复做同一件事情？

正如北大教授曹文轩所说，世间最优雅的姿态，就是阅读。不论静坐还是倾卧，甚至在厕所里，它都是最美的姿态。因为这样的人，通常都会从骨子里散发出一种极具亲和力的书卷气。

阅读人物，通晓历史，可以从他人鉴知自己得失；阅读杂文，百味世事，可在辛言辣语中澡雪精神；阅读情感，温热肺腑，可居书香浓情里滋养心灵；阅读故事，体会人生，可于静谧岁月中倾情流泪……

每一种书，都是风景；每一本书，都是亟待窥破的秘密。

宋朝诗人黄山谷有一句名言："三日不读书，便觉语言无味，面目可憎。"这其中说的，就是每日读书的重要性。

本系列图书，所遵循的就是这个简单的理论。通过遴选当下不同类型的精华文章，给读者送去不同的心灵养分——成长的人生让你懂得如何珍惜青春，成功的智者让你明白如何把握自己的人生，真情的自我让你寻回本真的感动，感悟让你看到世界别样的美好……

为了能找到年度最精华的文章，为了给读者省去寻找的烦琐，我们几乎把本年度的期刊翻了个遍，目的就是为了去其糟粕，取其精华。

我们的宗旨只有一个，就是为这个时代的读者，奉献好书。

但愿我们可以放慢忙乱的步伐，一起在欢愉的阅读中，优雅老去。

一路开花

2018 年 12 月书于云南曲靖

目录

第一辑　梦想的彼岸

第二辑　完美的追求

第四辑 处世的学问

第五辑 生活的智慧

第六辑　幸福的味道

第一辑

梦想的彼岸

梦想是一盏明灯，能化解我们的迷茫，驱赶我们的恐惧，点燃我们的自信，照亮我们的前程。它使我们的人生拥有方向，拥有激情。如何确定梦想，如何使梦想不变成空想，如何为了梦想而努力，并最终让自己梦想成真，这是每个人都需要认真思考的问题。只要敢于做梦，勇敢地去追逐梦想，并且永不言弃，你终将拥有一片灿烂的天空。

掀开人生的灰布

在学校里，她是一个热爱读书的学生，甚至在等车上学时，也总是聚精会神地盯着书本。她衣着简朴，经常穿着色彩最单调乏味的颜色——灰色的衣服。

高中的一天放学后，正当她独自默默地走向校外，忽然听到背后有人用带着讥笑的语气说："瞧，那就是我们班的'灰老鼠'，全班最没劲的一个女生。你看她那身灰衣服，真是土得掉渣！"她回过头，看见班上的两个男生，正望着她，跟几个女生窃窃私语，并不时发出大笑。

她知道他们是在议论自己，那一刻，她满脸通红，想尽快从那些像看外星人一样的目光中逃出来，可是刺耳的话还是从背后传来……

她的内心被深深地伤害了，她狂奔着跑回家，冲进房间，扑在床上，号啕大哭起来。

这时，她的父亲——一位新教的牧师走了进来，关切地问她发生了什么事。她哽咽着将同学们对她的嘲笑一五一十地告诉了父亲。

父亲沉默了一会儿，然后抚摸着她的头说："孩子，你要知道，发光的东西并不会因为蒙上一块灰布而失去光泽，它只是被暂时忽略了而已。而且这未尝不是一件好事，因为它不引人注目，也就会使自己少受些干扰，可以让自己一心一意地积蓄力量，从而在不知不觉中成长起来。一旦适当的机会来临，掩盖在它身上的这块灰布被掀开后，它耀眼的光芒必将令人刮目相看！”

她停止了哭泣，仔细地品味着父亲的话——是啊，被人忽略、被人低估，这未尝不是一件好事，只要自己不是躲在角落里沮丧、沉沦，而是努力、拼搏，那么总有一天，人们终将知道你是闪闪发光的金子。

她对父亲点了点头，坚定地说：“我明白了，爸爸。他们爱说这些无聊的东西，就由他们说去吧。”

父亲微笑着说：“很好，你要做的，不是对别人的嘲笑采取什么回击，而是必须永远比同龄人更出色。”

父亲走出房间后，她将父亲说的那句“必须永远比同龄人更出色”写在一张卡片上，贴在自己的床头。

从那以后，她更加发奋读书。她的成绩变得更加优秀，她还在后来的日子里拿下了物理学博士学位。

1989 年 11 月 9 日，柏林墙轰然“倒塌”。这时，“沉闷”的她突然决定投身于政治。在短短的 10 年之后，她以 95%的高票当选为基民盟主席，成为这个历来由男人主导、思想比较保守的党派的第一位女领导人。

刚开始时，她给人们留下的印象是矜持和不苟言笑，甚至有时显得有些拘谨和腼腆。然而，她越来越成熟，并牢牢地掌控着局面，那些自命不凡的政治家们逐渐被她的政治魅力所折服。

2005 年 11 月，她在竞选中打败施罗德，成为德国历史上的第一位女总理；2009 年 10 月，她再次胜选，继续连任德国总理；2013 年 9 月，她再次赢得选举胜利，第三次出任总理；2018 年 3 月，她第四次出任德国总理——她创造了历史。

她就是安格拉·默克尔。这个当年校园里的“灰老鼠”，终于掀开了掩盖在自己身上的“灰布”，出色地完成了人生角色的转变，光芒四射地出现在世人面前。

当别人好奇地探寻默克尔的“制胜法宝”时，对默克尔有着深刻了解的老同事辛德赫尔姆说：“一直以来，人们并不真正认识她。因此，她常常被对手低估。她的成功有一个很重要的因素，就是由于她的‘不知名’。可是，一旦她拥有了自己的舞台，她就能将最完美的自我展示给世人。”

另一扇门

他出生在苏格兰一个普通的牧师家庭，从小热爱橄榄球，梦想有一天能成为一名优秀的职业运动员。

然而，在他16岁那年，一场突如其来的灾难彻底粉碎了他成为运动员的梦想。

那天，他兴致勃勃地去参加一场学校里的期末橄榄球比赛。在这场激烈的比赛中，他被踢中了头部。顿时，他感觉头一震，脑海里一片空白，左眼有剧烈的疼痛感。

他被老师和同学们送到了医院。检查结果出来了——左眼视网膜脱落。尽管医生想尽办法挽救他的左眼视力，并先后进行了3次手术，但都以失败告终。医生不得不无奈地向他宣布：从今以后，他的左眼将彻底失明。

他躺在漆黑的医院病房里，感到无尽的悲哀——因为他再也不能像以前那样在橄榄球场上尽情地驰骋了；再也不能像正常人那样拥有完整的视觉了。即使在阅读时，他也不得不经常停下来休息一下，以保证自己的右眼不那么疲惫。

这时的他，消沉至极。

看到他如此难过，他的父亲感到无比痛心。为此，他的父亲专门做了一次关于“我们需要视力”的布道。在布道中，他的父亲对人们说：“失明无疑是人生中最令人痛心的残障之一。那些被剥夺视力的人失去了太多的东西。”

听了父亲的话后，他感到更加的悲哀了。然而布道完之后，父亲却拍了拍他的肩膀，对他说：“孩子，不过你比别人幸运，起码你还有一只健康的右眼。离开橄榄球场，对于你来说，也许并不是一件坏事，这样可以使你对你的另一份追求更加专注。你不是喜欢政治吗？孩子，你要记住，上帝每对你关上一扇门，必然会为你打开另一扇门。只要你不对自己丧失信心，上帝就不会遗弃你；相反，你会成为上帝的宠儿。”

父亲的话使他心里感到豁然开朗——是啊，只要自己选择坚强，上帝的另一扇门将对自己永远敞开！

从此，他努力读书，并专注于政治。24 岁时，他发表了自己所谓的“苏格兰红皮书”，俨然以英国首相的口气对苏格兰的状况进行分析。

后来，他在爱丁堡大学获得了博士学位。

再后来，他进入政坛，并迅速在政坛中脱颖而出。46 岁时，他当上了英国的财政大臣，并成为英国历史上任期最长的财政大臣。56 岁，他接替布莱尔成为英国第 52 任首相。

这位优秀的政治家就是戈登·布朗。

当那些反对派借他的盲眼嘲笑他、攻击他时，他是这么回应的：“我的左眼是上帝为我蒙上的，就是希望我能专注于我毕生的事业，专注于我的目标，执着向前！”

上帝为他关上一扇门，正是为了让他毫不犹豫地走向另一扇门。

勇敢源于梦想

从小，他就向往广阔的世界各地，向往神奇的异国风情，向往美妙的自然风光，向往外域的珍奇异兽……

他的父亲是美国堪萨斯州的珠宝商人。年幼的他，经常帮着父亲拆解来自遥远世界各地的货品，看着货签上所写的诸如巴黎、热内亚、巴塞罗那、布达佩斯等各种各样的地名，他既深感好奇又无比向往：这些遥远的地方究竟是怎样的呢？那里居住着什么样的人呢？那里有怎样的美好风光呢？那里有哪些神奇的野生动物呢？他经常陷入自己幻想的旅行中不能自拔。他多么渴望可以到这些不同的地方去走一走、看一看！

终于有一天，他鼓足勇气，瞒着家人，偷偷离开家乡，横越美国大陆，搭上了前往欧洲的轮船。到达欧洲之后，他才发现现实与梦想的距离有多么大。他还来不及好好地欣赏异国风情，自己就要为一日三餐开始发愁了。口袋里没了钱，他必须尽快找到工作养活自己。为此，凡是能胜任的工作他都做，但更多的时候，根本没有人雇用他。他曾经在布鲁塞尔因为无法解决一日三餐而束手无策，也曾经因为找工作四处碰壁而呆坐在法国西北部的布勒斯特港，远眺大西洋而落泪。他感到无比绝望，后悔自己的年少轻狂，后悔自己的一时冲动。他想：还是回去吧，家里才是无忧无虑的天堂，家里才会让自己衣食无忧。

他站在伦敦的泰晤士河畔，望着来来往往的轮船，乡愁涌上心头，但他却连船票也买不起。晚上，他钻进一个货箱里睡觉。第二天，望着一艘即将开往纽约的轮船，他灵机一动，趁着无人注意的时候，偷偷溜进这艘轮船上的救生艇中。他已经走投无路，希望可以乘坐这艘轮船到达纽约，然后再想办法回到自己的故乡堪萨斯州。

在这次航行中，一件偶然的事竟然改变了他的一生，使他立志要进行更加宏伟的冒险。船员很快发现了他这个“偷渡者”，并报告了船长。听他说完自己的经历后，船长没有责怪他，答应让他免费乘坐这艘船回到美国。在航行途中，船上的航海技师递给他一本杂志，让他打发时间。杂志上的一篇文章令他眼前一亮——那是一篇由杰克撰写的文章，他提到自己计划搭乘长30尺的“史那克号”船，航行世界一周。

回到故乡后，他立刻写了一封长达8页的信寄给杰克。他在信中写道：“我曾有远赴国外的经验，出发时口袋中只有3块5毛钱，而我回国时，口袋中仍有2块5毛钱。”信寄出之后，他就焦急地等着回信。三个星期之后，终于有了回音——那是一封电报，电报上只有短短几个字：“会不会烹饪？”虽然只有这么几个字，却从此改变了他的一生。事实上，他对烹饪一窍不通，但他仍然用电报回答：“试用看看就知道了。”发出这封电报之后，他就立刻到镇上的餐厅学习烹饪技术。

他终于乘坐上了从旧金山湾出发开往太平洋的“史那克号”船。他以刚刚学会的烹饪技术，为船员们准备各种各样的食物，例如烤面包、蛋卷、汤、肉汁等。在开航之前，他已经为船员们准备了充足的食粮。

他的用心和细心令杰克感到非常满意。在航行的途中，他虚心地向其他船员学习各种航海技术，并且当自己学会之后，就请求别人让他一展身手。这次航行不仅让他学会了很多东西，也经受了艰苦的考验。可是，他却始终充满热情，因为这是他自少年时代开始就憧憬不已的冒险旅行。

自此之后的30年间，他的足迹从南洋的珊瑚岛到非洲内陆的密林，越过四大洋，遍及世界各地。他进入黑暗的非洲内陆时，拍摄了有关食人族的影片，使他成为第一个做这类纪录片的美国人。他还拍摄了诸如侏儒般的皮古米族、巨人族及大象、长颈鹿等非洲野兽的影片。他所拍摄的数百卷胶卷，包括了各式各样的珍奇异兽，仿佛诺亚方舟被打开了一般。这些影片都被送回美国，在各地的电影院放映，在社会上引起了强烈的轰动，受到了人们的热烈欢迎和广泛好评，同时也使一些人开始高度关注和致力于保护那些正在濒临灭绝的非洲野兽。

他的旅行有时也是非常危险的。有一次，他在南海群岛差一点被食人族当作食物放进锅中烹煮，当时他第一次准备拍摄食人族影片。以前，白人贸易商曾经多次袭击这个岛屿，捕捉当地的土著并且把他们作为奴隶卖掉，因此岛上的居民对白人恨之入骨。同时，由于岛上物资贫乏，经常找不到食物，所以只要有白人上岸，岛上的居民就会想方设法抓住他们，不但要抢光他们的东西，还要将他们作为食物来烹煮吃掉。虽然他早就了解了这些情况，但是为了拍摄珍贵的影片，他还是决定前去冒险。他事先准备好礼物，希望酋长能够网开一面。然而，当地的居民根本不买他的账，十几个食人族将他团团围住。他虽然大声地求救，但其余的同伴都在好几公里之外，根本听不到他的叫声。虽然他随身带有一把连发手枪，但对方的人数众多，手枪也起不了作用。他的额头不禁冒出阵阵冷汗，心跳也急促加快，但他仍然不得不装作若无其事般与酋长交谈。这时食人族已有不少舔着舌头，一副迫不及待地想咬他一口的样子。就在食人族们一步步逼近时，突然出现了奇迹，远处的海湾正好有一艘英国巡逻艇经过，食人族吓得目瞪口呆，因为他们都尝过这种船的苦头。他也感到惊讶不已，心想：看来是上帝听到我的呼救，保佑我脱险。于是，他稳定情绪，故作镇定地对酋长说："我的船来接我了，有机会的话希望我们以后再见。"然后赶快溜之大吉。后来，他和妻子欧莎合著了《食人族国》等著作，引起了世人对食人族的关注。

他的名字叫作马丁·强生，因为梦想，所以勇敢地进入冒险者的队伍，并且将自己的冒险经历完美地呈现给了全世界。为了实现自己的梦想，他勇敢地迈出了自己的步伐，使自己的人生充满了传奇般的色彩。

梦想就像天空中绚丽的云彩，令我们心驰神往。梦想会让我们对人生充满渴望和期待，梦想会让我们充满激情和活力，梦想会让我们变得勇敢、变得无所畏惧。每个人都应该拥有自己的梦想，每个人都应该拥有追求梦想、实现梦想的勇气和激情。拥有梦想，敢于追求梦想，我们才能活得与众不同，我们才能使自己的人生犹如美丽的花朵一般骄傲地绽放。

勇敢地去追求梦想吧，每个人都会获得一片属于自己的天地！

·梦想永不停步

从小,他就立志成为一名运动员。他的父亲是一名专业的田径教练员,经常带着他开展各项体育训练。在参加的各种体育活动中,他感受到了运动的快乐,体验到了生命的活力。于是,他爱上了运动。

他尤其喜欢打棒球,做梦都想成为一名棒球运动员。他童年的“玩具”就是一根棒球棒和一副棒球手套。每天晚上,他都会把棒球手套塞到自己的枕头底下,生怕自己一觉醒来棒球手套就会不翼而飞。他勤奋地练习着棒球,憧憬着长大后成为棒球明星,取得辉煌成就,受到万人瞩目。

然而,就在他沉浸在对未来的美好向往中时,一场飞来的横祸彻底粉碎了他的棒球明星梦。那是在他十二岁的一天,他像往常一样骑着自行车外出,就在他兴高采烈地踩着踏板、哼着歌曲往前拐弯的时候,突然一辆汽车从对面飞快驶来,他还来不及反应,完全还不知道怎么回事,身体就猛然飞了出去,脑袋轰的一声失去了知觉。

当他在医院里醒来的时候,他看到了病床边满脸泪痕的父亲。

“爸爸,我这是怎么了？我为什么会在这里？”他充满疑惑地问父亲。

他的父亲忍不住哭泣起来，用手抚摸着他的头，悲伤地说：“孩子，你一定要坚强。”

他这才感觉到全身剧烈的疼痛，他下意识地想抬起自己的右手抚摸一下各个伤口，可是他却感觉不到右手的存在。他扭头一看，发现自己已经完全失去了右手。那一刻，他感觉整个世界都崩塌了。他歇斯底里地哭喊道：“我残废了，我没有右手了！以后我怎么打棒球啊？我活着还有什么意义？”

父亲哭着安慰他，试图稳定他的情绪。当他安静下来的时候，父亲语重心长地对他说：“儿子，不要放弃。你虽然失去了右臂，可是你的路还很长，你还可以拥有其他的梦想。爸爸相信，你一定可以重新找到自己的人生之路，找到属于你自己的梦想。”

听到爸爸的劝慰，他沉默了。

后来他才知道，这次车祸造成了他21处骨折，造成了他的肺部塌陷，也使他失去了右臂，使他的棒球专业竞技梦想湮没在了那个路口。

接下来是漫长的住院康复期。就在他还沉浸在失去右臂的悲伤中不能自拔之际，悲剧再次发生了，他的父亲由于心脏麻痹，竟然意外地死在了陪护他的床边，使年少的他再次遭受了突如其来的打击。

命运对他的不公平，使他既感到无比的悲哀，也感到无比的愤怒。可是，当他慢慢静下心来思考人生的意义时，他想起了父亲对他的劝慰和鼓励，想起了一直以来父亲对他的殷切期望，想起了父亲和他自己对于体育事业的热爱。

我不能倒下，我要坚强——为了父亲的梦想，为了我的梦想！虽然失去了右手，但我还有健全的双腿；虽然不能再打棒球，可我还可以跑步、可以游泳、可以骑自行车……他在心里默默地对自己说。他的左手紧紧地握成了拳头。

身体康复后，他变得更加坚强了，他立刻重新参加体育训练，重新让自己投入努力的拼搏中去。他决定用自己的双腿创造奇迹。后来，他开始了“永不停步”的奔跑——每天除了吃饭睡觉外，其余时间几乎都在奔跑中度过。他在全球很多地方参与了数不清的长跑耐力活动，从公路到世界上最干旱的沙漠，都留下了他的足迹。他报名参加了天然水域游泳、公路自行车、公路长跑铁人三项竞赛，并且多次获奖。2008年，他成为第一个挑战并完成超人世锦赛的残疾人运动员，在艰苦的超长距离铁人三项竞赛中，他一共游了6.2英里，骑自行车261.4英里，跑步52.4英里，并最终到达终点。2009年，他入选美国铁人三项队，并赢得了当年ESPY的最佳残疾运动员大奖。

2010年，他出版了自传《坚持信仰》，将自己的运动故事和大家分享，使他成为美国体育界的标志性人物。他在书的序言中写道：“首先，我要感谢上帝给予我力量去忍受这种残酷的事件。”他表示自己不会屈服于磨难，永远不会放弃自己的梦想。的确，他做到了这一切，他的经历足以比任何一部好莱坞励志片都更让人感动。

他的名字叫作杰森·莱斯特。为了利用体育和运动来教育年轻的参与者如何创造性地思考自己的生活，然后教会他们实际技能，把他们的梦想变成现实，莱斯特创立了永不停步基金会。

莱斯特曾经连续72天跑了3550英里，横跨全美；2014年8月8日8时，他从中国的甘肃省嘉峪关长城出发，沿着长城跑步至河北省山海关长城，徒步奔跑90天，每天奔跑10个小时以上，辗转多个城市，经过张掖、新河驿、永昌、武威等地，总距离长达6700公里，以此为自己名下的慈善基金会筹款，从而帮助更多有需要的人；同时，也以此来激励年轻人要勇敢地追求自己的梦想——永不停步。

一生中，每个人都会遇到各种各样的挫折和磨难。但是，我们永远不要放弃自己的梦想，因为每一个梦想都是如此珍贵，每一个梦想都可以点燃你对生活的热爱。

如果梦想被残酷的现实完全粉碎，请不要灰心，我们还可以拥有其他梦想，我们还可以找到其他的出路。只要我们不失去对生活的信心，不放弃自己的人生，我们总能重拾梦想；只要我们永不停步地去追求梦想，我们就一定可以看到雨后的美丽彩虹，一定可以让自己的人生展示出独特的精彩。

永不停步，你会为自己的梦想而骄傲，你会为自己的精彩而自豪。

寻找最适合自己的枝头

阿尔伯特·爱因斯坦(Albert Einstein)是现代物理学的开创者、集大成者和奠基人,作为20世纪犹太裔理论物理学家,他创立的相对论成为现代物理学的两大支柱之一,并且因为“对理论物理的贡献,特别是发现了光电效应”而获得了1921年诺贝尔物理学奖。由于在物理学上的卓越成就,爱因斯坦举世闻名,被人们当作天才来尊敬和崇拜。

1948年5月14日,以色列国诞生。1952年11月9日,爱因斯坦的老朋友以色列首任总统魏茨曼逝世。当时传言以色列总理本·古里安将提请爱因斯坦作为以色列共和国总统候选人。这一消息很快传了出去,引起媒体和人们的强烈关注,大家都迫切地想知道爱因斯坦的态度。从内心来讲,他们都非常希望这位举世闻名、杰出无比的犹太后裔来担任总统职务,这对于全世界承认和看好新生的以色列政权,是一个极大的帮助。

一天晚上,一位记者给爱因斯坦的住所打来电话,激动地询问爱因斯坦:“教授先生,听说政府要请您出任以色列共和国总统,您会接受吗?”没想到爱因斯坦果断地回答:“我不会接受,我不适合当总统。”

听到这样的回答，这位记者感到非常失望，但他很不甘心，继续对爱因斯坦说："其实总统并不是太难当，因为这个职位没有多少具体事务，这个位置是象征性的。可是总统这个职位却必须由有名望、能服众的人来担当，这样才能稳定民心，才能得到其他国家的认可和尊重。教授先生，您是最伟大的犹太人，如果您出任以色列总统，这就象征了犹太民族的伟大，是再合适不过了，你应该慎重考虑一下。""不，我真的不适合做总统。"爱因斯坦坚定地说。

爱因斯坦放下电话，摇了摇头，正准备继续去开展他的物理研究，没想到电话铃声马上又响起了——这次是驻华盛顿的以色列大使打来的，大使说："教授先生，我奉以色列共和国总理本·古里安的指示，真诚地想征求一下您的意见，我们计划提名您作为以色列共和国的总统候选人，您愿意接受吗？"爱因斯坦回答说："大使先生，关于自然，我了解一点；关于人，我几乎一点也不了解。我这样的人，怎么能担任总统职务呢？请您向媒体和公众解释一下，我真的不适合从政，更不适合担任总统职务。"大使进一步劝说："教授先生，您一定可以胜任的。每一个以色列公民，全世界每一个犹太人，都以您为荣，都因为你而感到骄傲，大家都在热烈地期待着您！"爱因斯坦沉默了一会儿，说："同胞们的好意令我备感荣幸，也十分感动，但我知道我这一生只适合投身于科学事业，不适合做总统。请你们另外考虑更为合适的人选。"

不久，爱因斯坦在报上发表声明，正式谢绝出任以色列总统。在爱因斯坦看来，"当总统可不是一件容易的事"；同时，他还再次引用他自己的话："方程对我更重要些，因为政治是为当前，而方程却是一种永恒的东西。"

每个人都有属于自己的枝头，每个人都有自己的一片天地，找到最合适自己的，专心致志地投入兴趣所在、专长所在，才能发挥出最大的潜力，做出最好的成绩。

这个世界上，充满了各种各样的诱惑。面对这些诱惑，面对别人各种名利的收获，很多人都把持不住自己，充满羡慕的同时，放弃了原来的理想和追求，掉转船头去追寻一些当前的利益。结果，他们进入自己本来就不喜欢也不擅长的领域，有的翻了船；有的一辈子也毫无作为；有的虽然获得了一些暂时的利益，却再也无法取得更大的成功。他们放弃了原来拥有的优势，放弃了最适合自己的领域，时光流逝，当他们后悔不已的时候，却再也无法回头。

“有志者，立长志；无志者，常立志。”这一句话深刻地揭示了成功者与失败者的规律。找到自己最感兴趣、最擅长的行业，然后坚持不懈地努力下去，不断追求更高的目标，不断攀登事业的更高峰，这样才能不断突破自己、提升自己，使人生不断创造辉煌。做到这一点，需要我们有坚定的意志、执着的精神和对自己所从事行业的深深热爱。拥有这样的敬业精神，才能最终赢得成功，赢得人们的尊重和敬佩。反之，那些总是吃着碗里、看着锅里的人，那些朝三暮四的人，那些不敬业、意志动摇、目光短浅的人，永远不可能感受到攀登顶峰的快乐，永远不可能实现事业上更大的突破，因为眼前的诱惑、短期的利益很容易毁掉他们长远的志向，最后变成了他们人生上的遗憾，甚至成了人们眼中的一个笑话。

每个人都有最适合自己的枝头，找到这个枝头，坚定、快乐地坚守这个枝头，在这个枝头上努力奋斗、坚持不渝，你一定会找到真正属于自己的人生意义。

不管别人怎么说

莱特兄弟的第一架飞机——“飞鸟”一号研制出来时，许多人开始议论纷纷，但这些议论不是惊叹，不是赞美，而是挖苦和讽刺。

“你们相信吗，‘自行车工人’还能制造飞机？这么重的东西，他们居然认为可以在天上飞！”

“那兄弟俩真是异想天开，无聊透顶！就算这个世界上有发明飞机的那一天，但也绝不会是他们两个能干得来的。”

“我敢打赌，他们制造的那个怪东西绝对飞不起来，肯定会让人们笑掉大牙！”

……

飞机试飞的那一天，人们纷纷围在旁边，等着看莱特兄弟的笑话。当飞机第一次试飞的时候，只在空中飞行了12秒钟，在36米远的地方就降落下来了。

那些讽刺莱特兄弟的人马上说：“瞧吧，我们早就说过了，他们兄弟俩弄的那玩意儿根本不顶用，还没两岁小孩走路走得远呢。”

听了那些流言蜚语，莱特兄弟没有一个字的反驳，而是更专心地对飞机进行了改良。

后来，“飞鸟”一号以59秒的时间飞行260米的成绩得到了世界的公认。莱特兄弟也因此成名了。

这时，那些曾经讽刺他们的人都改口道：“我早就知道这两兄弟能成功，他们是如此聪明、如此努力，我经常鼓励他们不要放弃，这不，他们终于迎来了成功这一天！”

有人问莱特兄弟：“在成功之前，你们听到那些挖苦和讽刺时，你们是怎么想的？”

莱特兄弟这么回答：“管他们怎么说呢，反正我们会继续坚持下去。”

别人又接着问：“那在成功之后，你们听到那些人肉麻的恭维时，你们又是怎么想的？”

莱特兄弟这么回答：“管他们怎么说呢，反正我们还要继续努力下去。”

当认为自己的目标是明确的，自己的所作所为是正确的，那就别管他人怎么说，认真地走好自己的路吧。

光脚的不怕穿鞋的

1960年，罗马奥运会的马拉松比赛场上，正当裁判员准备举枪发令的时候，观众席上忽然爆发出一阵哄笑声——因为他们看到来自非洲的一位选手竟然是“赤脚大仙”！这位选手是来自埃塞俄比亚的阿贝贝·比基拉，名不见经传的他，根本引不起人们的任何期望，大家只把他当成一个笑话来看。而这位黑人小伙丝毫不在意人们的反应，他泰然自若地准备着起跑。

比赛一开始，阿贝贝就飞快地跑了起来，成了“领跑”。人们又爆发出一阵哄笑声，他们一看就知道阿贝贝是个没有经验的“外行”——要知道，领跑是很吃亏的，非常浪费体力，还要自己把握好节奏、速度，所以几乎所有的选手都不愿意当领跑，他们开始时总喜欢跟着跑，跑到后面才发力，因为他们知道，领跑的选手往往不能笑到最后。

这时，观众的注意力都集中在几个世界纪录的创造者身上，他们认为那个黑小伙跑不了多久就会软下来，就会落到后面去。然而，完全出乎观众的意料，阿贝贝并没有被其他选手超越，在跑了40公里之后，阿贝贝不但没有变得疲软，反而开始加速了，很快就把其他选手远远地甩在了后面。当他冲到终点时，观众沸腾了，阿贝贝竟然以 2 小时 15 分 16 秒 2 的成绩刷新了世界纪录，这个成绩把奥运会的成绩提高了将近 8 分钟！

阿贝贝由此成为非洲历史上第一个代表自己的祖国获得奥运会冠军的人。奥运会的历史上，第一次奏响了埃塞俄比亚的国歌。

有记者采访阿贝贝，问他为什么能在第一次参加奥运会时就表现得如此出色。阿贝贝笑了笑，回答说："因为跟那些大名鼎鼎的世界纪录创造者相比，我没有任何压力，既然大家对我没什么期望，我就可以轻轻松松地上阵，跑出自己最好的水平来。"

记者接着说："那请问一下，你为什么要光着脚参加比赛呢？"

阿贝贝说："我知道大家对这个都比较好奇，我不穿鞋，当然不是因为我的祖国穷得连为运动员买双鞋的钱都没有，而是因为在心理上，我并没有把这次马拉松跑步当成比赛，而是把它当成跟平时的训练一样——在军队里，教官对我们的跑步训练方式就是让我们在海拔将近 2000 米的高山上，赤着双脚在岩石和粗糙的地上奔跑。在这次奥运会上，我的跑步方式和心态跟平时一样，所以我根本不去管其他的选手有多厉害！"

许多默默无闻的人之所以能够脱颖而出、一举成名，往往源于他们的平常心态，没有什么心理压力；而那些曾经获得很高荣誉的人，有时在关键时刻反而会表现得很差，往往就是因为他们的思想包袱太重，总担心保不住以前的荣耀，结果越是紧张、越是忧虑，水平就越发挥不出来。

"光脚的不怕穿鞋的"，没有经验，没有资历，很多时候，这未尝不是一种优势。

兴趣是点燃梦想的火柴

雅可比·亨利克·范特霍夫(Jacobus Henricus van't Hoff)出生于荷兰的鹿特丹市,他从小就酷爱化学,后来在化学动力学和化学热力学研究上做出了突出的贡献,并凭借两篇著名论文《化学动力学研究》和《气体体系或稀溶液中的化学平衡》获得了1901年的诺贝尔化学奖,成为历史上第一位获得诺贝尔化学奖的科学家。

上中学时,范特霍夫就深深地迷上了化学实验。每当他经过实验室,看到实验室中各种变幻无穷、奇妙无比的化学实验,他的目光就会被牢牢地吸引住,双脚再也迈不开步伐。为什么在试管里面加入那些物质,试管里就会发生这么神奇的变化呢?范特霍夫很想知道这些奥秘。看着别人做化学实验,范特霍夫十分羡慕,他想:要是我也能进入实验室,亲手做一下化学实验,亲自主导那些神奇的化学变化,那该是多么美妙的事情呀!

一天,范特霍夫路过化学实验室,忍不住从窗外往实验室里多看了一眼。此时,实验室里空无一人,桌面上整整齐齐地排列着实验器皿和一瓶瓶化学试剂。范特霍夫的双脚不由自主地停了下来。他是多么渴望可以进入实验室亲自做一下化学实验！就在这时，他发现实验室竟然有一扇窗是开着的。天哪，难道这是上帝为我留的一扇窗吗？范特霍夫惊喜不已，虽然内心无比紧张、忐忑不安，但他还是鬼使神差地从窗子爬了进去。

由于之前范特霍夫就反复观察过别人做化学实验，因此一进到实验室里，他就迫不及待地像别人一样，支起铁架台，把玻璃器皿架在上面，然后开始寻找化学试剂。他小心翼翼地将化学试剂倒进玻璃器皿，然后兴致勃勃地观察玻璃器皿里发生着的化学反应。那些神奇的变化令他感到无比激动。

“谁在实验室里面？”一个严厉的声音将范特霍夫从兴奋中拉了回来，他扭头一看，只见老师表情严肃地站在窗外，一双眼睛紧紧地盯着自己。原来老师经过实验室时，听到了室内的响动声，往里一看，发现竟然有人偷偷在实验室里做化学实验。要知道，私自做化学实验是非常危险的事情，是学校明文禁止的。

随后，老师打开了实验室的门，走到了范特霍夫身边。范特霍夫这才仿佛从梦中惊醒过来，目瞪口呆地站在那儿。

“赶快停下来，谁批准你在这里做实验的？知不知道这是非常危险的事情！”老师严厉地批评了范特霍夫，然后要求他立即将所有物品放回原来的地方。

当一切收拾完毕后，老师把范特霍夫叫到面前，语重心长地对他说：“你今天犯了一个很大的错误，你知道吗？这件事情如果让校长知道了，你会被处分的。你平时是一个很好的学生，勤奋好学，尊敬老师，我念你这次是初犯，不会向校长报告。但你必须回家把你的父亲叫来，我要让他知道这件事情，要让你吸取教训。”

虽然很不情愿，但范特霍夫还是不得不把这件事情告诉父亲。父亲到学校后，跟老师道了歉。没想到这位老师并没有向范特霍夫的父亲继续“告状”，而是微笑着对范特霍夫的父亲说：“范特霍夫是个好学生，他非常喜欢化学，在这一点上，我感到非常欣慰。你要知道，一个人成功的最大动力来自兴趣。我没有见过哪个孩子像他这么痴迷于化学，如果我们好好培养他、好好支持他，他一定可以在化学事业上取得非凡成就。”

范特霍夫的父亲是个很开明的人，他知道孩子这么喜欢化学后，专门从家里腾出一间房子给孩子作为工作室，供孩子用于做化学实验。在学校，老师主动地教给范特霍夫化学知识，指导范特霍夫如何科学、安全、规范地做好化学实验。从此，范特霍夫就开始精心“经营”自己的小实验室，他把父母给的零用钱和从其他亲友那里得到的“赞助费”积累起来，购买了各种实验器具和药品，业余时间全身心地投入自己的化学实验中。

范特霍夫立志要成为一名化学家。可是，当时人们普遍认为化学家并不是一种职业，难以养家糊口。因此，当范特霍夫从鹿特丹五年制中学毕业后，父亲要求他只能业余做化学实验，主要志向应该是成为一名工程师。无奈之下，范特霍夫只得进入荷兰的台夫特工业专科学校学习工艺技术。为了可以尽快继续学习化学知识，范特霍夫仅用两年时间就学完三年的课程。

从学校毕业后，他终于说服了父母，可以全身心进行化学研究了。为了打好基础，找准研究的方向，范特霍夫只身到了德国的波恩，拜当时世界著名的有机化学家佛莱德·凯库勒为师。在波恩期间，范特霍夫在有机化学方面学到了丰富的知识。随后，他又前往法国巴黎向医学化学家武兹请教。1874年，范特霍夫回到荷兰，在乌特勒支大学获得博士学位。从此他就开始了更深入的研究工作。

凭借着对化学事业的深深热爱和执着追求，范特霍夫最终在化学事业上取得了辉煌的成就，为化学事业做出了不可磨灭的重要贡献。

兴趣可以分为两种，一种是可以作为事业来追求的；另一种是完全属于娱乐性的。对于可以作为事业追求的兴趣，是我们尤其需要重视的，因为这方面的兴趣是成功最好的动力。当你对某个行业、某个事物充满兴趣的时候，这是你往这方面迈向成功的重要基础，不要忽视它，不要遗弃它，把它化为你更加努力、更加执着的动力。

一个人在事业上最大的幸运，就是从事着自己最感兴趣的职业，做着自己最喜欢的工作，能够将自己的兴趣跟事业完美地结合起来，这样，在事业上就容易不断地取得成就。

如果我们暂时不能从事自己最感兴趣的工作和行业，也不要气馁，更不要放弃自己的兴趣爱好，因为人生漫长，你的兴趣很可能将来会与你的事业交集在一起。或者，即使作为一辈子的业余兴趣爱好，那也是一种宝贵的财富，一种可以不断挖掘的潜力，终将让你有所收获。

每天看看自己的梦想

著名的华人成功学专家陈安之先生在12岁时随亲戚到美国读书，后来边工作边读书。他曾卖过菜刀、卖过汽车，当过餐厅服务员……在他20岁的时候，他还是个穷小子。

一天，陈安之与太太一起去看车展。他们在一辆奔驰S600旁边停了下来。陈安之望着那辆昂贵的汽车，喜欢极了，他在心里对自己说：如果有一天我能买下这款汽车，那是多么令人兴奋的事啊！于是，他站到汽车旁边，让太太给他与车拍了一张合影，这才恋恋不舍地离去。

照片洗出来后，陈安之把它钉在墙上，并开始为自己的梦想而努力。

在他经商不断走向成功时，他的助理向他讨教成功的经验，他对助理说："你要成功的话，就给自己贴个梦想板。"然后，他从一个牛皮纸袋里拿出那张自己和奔驰S600的合影——一张被钉过小孔的照片。他接着说："以前一直觉得这辆车实在太贵，于是就把它钉在梦想板上，天天看，并朝这个目标奋斗。终于，梦想实现了。以后，自己一直喜欢把梦想贴出来，挂在房间里，每天都看看，然后实现一个，收起来一个，放到抽屉里。"

有个叫约翰·戈达德的人，在他8岁生日的时候，祖父送给他的生日礼物是一幅已经卷了边的世界地图。约翰·戈达德非常喜欢这幅地图，每当空闲时就拿出来看。在他15岁那年，他一口气写下了127项人生梦想：要到尼罗河、亚马孙河和刚果河探险，要登上珠穆朗玛峰、乞力马扎罗山和麦金利峰，要骑大象、骆驼、鸵鸟和野马，要探访马可·波罗和亚历山大一世走过的道路，要主演一部《人猿泰山》那样的电影，要驾驶飞行器起飞降落，要读完莎士比亚、柏拉图和亚里士多德的著作，要谱一部乐曲，要写一本书，要拥有一项发明专利，要给非洲的孩子筹集100万美元捐款，等等。毫无疑问，这将是一场马拉松式的人生征程。但60岁时，约翰·戈达德已经完成了其中的106个目标，在这个过程中，他经历了18次死里逃生和难以想象的艰难困苦。当别人问他为什么能够成功时，约翰·戈达德是这么回答的："我经常看看自己写下的梦想，并且对自己说——我决不放弃任何一个目标，一有机会我就出发。"

每天看看自己的梦想，让自己不至于忘记目标；每天看看自己的梦想，让自己不至于忘记迈出脚步。

看着自己的梦想，我们就能多得到一些信心，多积蓄一些力量，从而每天做出自己最大的努力。每天望着梦想不断前进，那么，你离梦想实现的日子就会越来越近。

不要等，今天就开始

有这么一个青年，整天对着一座高山沉思，还不时用手比比画画。

朋友看到这一幕，好奇地问他：“你整天对着高山，想些什么呀？”

青年指着高山说：“我打算登上这座山。你看，到时我会先从左边这条小路上去，到了前面没路了，我会从那棵树下爬过，用手抓住那块岩石……”

朋友说：“那你怎么还不行动呢？”

青年说：“我必须规划好每一个爬山的细节，确保万无一失。”

过了很长一段时间，朋友见青年仍在对着高山比比画画，于是问他：“你还没有想好怎么攀登吗？”

青年说：“快了，快了。”

又过了很长一段时间。有一天，朋友看到青年面对着高山，兴奋得手舞足蹈，于是问他：“你已经规划好爬山的每个步骤了吗？”

青年得意地说：“对，我已经在理想中成功地登上了这座高山。”

朋友说：“那你应该很快就可以行动了。”

青年迟疑着说：“可是，理想跟实际总是有很大区别的。算了，将来再说吧……”

这个青年最终都没有去攀登这座高山。

很多人都有过理想，都曾经对未来充满憧憬，并且豪情满怀、信心百倍，相信总有一天理想会实现。可是，很多人最终都没有实现自己的理想，回想起来，要么是觉得因为客观条件不允许，要么是觉得曾经的理想不现实，于是才最终没有梦想成真。有的人感叹自己的出身条件不好，家里没权没钱，人生缺乏贵人相助，自己虽然心怀远大抱负，却得不到客观条件的支持，得不到别人的帮扶。有的人也曾经努力奋斗过一阵子，可是面对现实、面对困难的时候，总觉得越来越辛苦，越来越艰难，展望自己的理想，觉得遥远而渺茫，于是产生了畏难情绪，信念开始动摇，失去了坚持下去的决心和毅力，最终只剩下充满遗憾的感慨。

理想是成功的指引，是奋斗的目标所在。有的放矢，人生才不会失去方向，奋斗才有持续的动力。但要实现理想，必须有两个条件：一是理想必须符合自身的实际，自己有能力、有条件可以实现，或者自己可以通过提升自己的能力、创造必要的条件来实现；二是一旦确定了自己的理想，就必须立刻行动，说干就干，全身心地投入进去，为实现理想而努力奋斗。

如果有了理想，却迟迟不肯付诸行动，那么这就是空想。为实现自己的理想，需要认真地思考，需要深入地研究，想一想怎样才能实现理想，想一想在前进的道路上会遇到什么困难，会遇到什么挫折，需要创造哪些条件，需要准备哪些东西，尽量考虑周全，以免遇到阻力时措手不及，或者会遭遇彻底的失败，这些考虑都是非常必要的。但如果迟迟不愿意着手真干、实干，一味地等待，一味地拖延，很可能最后就不了了之了。

如果想获得重大的成功，实现远大的理想，总想等到万事俱备，等到条件完全成熟，这是不太可能的，因为在向着理想进发的过程中，总会遇到许多始料不及的问题和困难，总会经受无法预兆的阻碍和打击。这时候，我们需要的是充足的思想准备，需要的是坚持下去的信念和意志，需要的是克服困难的勇力和智慧；我们要有逢山开路、遇水搭桥的魄力和决心，要有百折不挠、奋斗到底的精神。只有这样，我们才能最终攀上理想的高峰，才能实现自己的初衷和愿望。

确定了自己的理想，就不要再犹豫不决，不要再优柔寡断，不要再懒懒散散，不要再找任何借口拖延时间、徘徊不前，因为这是懦夫的表现，这是弱者的行为，这样会让你始终无法超越自己、超越别人，永远无法实现自己的理想。理想放久了，也就变味了，也就会让你失去尝试的冲动、失去奋斗的激情、失去实践的信心。

有了明确的理想，就要立刻行动起来，就要争分夺秒地干起来，向着自己的理想，永不停步地进发。无论遇到什么样的困难和挫折，也要风雨无阻地前进。不要偷懒，不要退缩，不要忘记自己一开始就下定的决心和立下的誓言，不要因为理想的路途遥远就中途放弃。只要我们坚持不懈地沿着既定的方向走下去，只要我们凭着只争朝夕的劲头努力拼搏，我们就会离理想越来越近，我们就会逐渐看到胜利的曙光，并最终到达理想的目的地。

机遇不能靠闲等

有一匹年轻的千里马，在等待着伯乐来发现它。

商人来了，说："你愿意跟我走吗？"

马摇摇头说："我是千里马，怎么可能为一个商人驮运货物呢？"

士兵来了，说："你愿意跟我走吗？"

马摇摇头说："我是千里马，怎么可能为一个普通士兵效力呢？"

猎人来了，说："你愿意跟我走吗？"

马摇摇头说："我是千里马，怎么可能去当猎人的苦力呢？"

日复一日，年复一年，这匹马仍然没有找到理想的主人。

一天，钦差大臣奉命来民间寻找千里马。千里马找到钦差大臣，说："我就是你要找的千里马啊！"

钦差大臣问："那你熟悉我们国家的路线吗？"

马摇了摇头。

钦差大臣又问："那你上过战场，有作战经验吗？"

马摇了摇头。

钦差大臣说："那我要你有什么用呢？"

马说:“我能日行千里,夜行八百。”

钦差大臣让它跑一段路看看。

马用力地向前跑去。但只跑几步,它就气喘吁吁、汗流浃背了。

“你老了,不行了!”钦差大臣说完,转身离去。

丰富的经验是靠日积月累得来的,能力是在诸多实践中锻炼出来的。泰山不让其土,乃以聚成其大;江河不拒小流,乃汇成其广。小事都做不好,将来又怎么能做好大事呢?正所谓“一屋不扫,何以扫天下”?能做大事的人,他们都是在做小事的过程中得到了充足的锻炼,从而不断地丰富经验、不断地提升能力、不断地增加智慧,为做好大事打下坚实的基础。一旦机遇来临,他们就能果断地抓住,因为他们已经做好充足的准备,他们已经拥有了迅速抓住机遇的能力。

立志高远是好事,但不能把它变成好高骛远。胸怀大志,那是为了让自己更加努力,朝着更高的目标奋斗,而不是让自己轻视、拒绝当前遇到的事情和当前需要做的事情,否则就是一种对现实的逃避,就是以一种自以为清高实则是可笑的方式来掩盖自己的懦弱和无知。从小事做起,从点滴累积,在脚踏实地做好当前事情的基础上,仰望星空,努力奋斗,朝着更高的目标进发,这样才能真正实现自己人生的理想。

我们要重视机遇,但不能闲等机遇。成功的人都是在奋斗的过程中寻找机遇、发现机遇和抓住机遇的。开始的时候,一些人确实拥有比别人更高的天分、更好的潜质、更强的能力,如果他们得到机遇,可能会比其他人更容易上手,更容易脱颖而出,更容易做出成绩、获得成就。但如果他们心高气傲、挑三拣四,这也不愿意做,那也不愿意学,最后本来拥有的优越条件也会逐渐失去,许多原来拥有的能力也会逐渐消退,会被一个个本来比他们差的人逐渐超越。要知道,宝剑越磨越锋利,如果宝剑长久不出鞘，反而会变得锈迹斑斑，难以使用。

因此，即使自己是真正的“千里马”，也不要时时以“千里马”自居，不要动不动就说这不是“千里马”该想的事，那不是“千里马”该干的活；更不要埋怨“伯乐不常有”，整天唉声叹气、怨天尤人。我们想一想，如果故事中的千里马肯跟商人去驮货物、肯跟士兵上战场、肯跟猎人去打猎，那么一方面，它可以在这个过程中得到锻炼，积累经验，从而提高自己各方面的能力；另一方面如果它在这个过程中脱颖而出、表现超群，商人、士兵、猎人又怎么会忽视它的价值，又怎么会埋没它的价值？必然会将它推荐给更高层次的人，推荐到更重要的地方，以发挥出它更高的价值作用。即使它当前的主人没有发现它真正的价值，但它的能力也必然会引其他人的注意，口口相传，自然会有“伯乐”听到消息，前来“挖马”，最后又怎么可能被埋没得了？

人们常说，是金子就总会发光。那么，怎么证明自己是“金子”呢？那就用“发光”来证明自己。怎样才能使自己的“光芒”被人发现呢？那就不要躲到“深山”里被动地等待别人来寻找，而是主动地走到别人面前去，在别人面前“发光”，证明自己。

机遇永远不是闲等出来的，机遇是靠自己去发现的。在勇敢的尝试中，在具体的实践中，机遇会不约而来，机遇会突然敲门。当你拥有的本领越来越强的时候，你会惊喜地发现，机遇会越来越多，在不经意中不断地叩响你的命运之门。

让自己充满活力

很久以前,公鸡跟鹰一样拥有飞翔的本领,它与鹰经常一起在天空中翱翔。

这天,公鸡停在树枝上,用嘴细心地梳理自己的羽毛。

一群小鸟飞过来,停在旁边的树枝上。它们看见公鸡,纷纷赞叹道:“瞧,多么漂亮的羽毛呀!”

“是呀,你们看,尤其那对翅膀,长得多么美!真是令人羡慕!”

听到小鸟们的赞扬,公鸡禁不住扬扬得意。它兴奋地自我欣赏起来,越看越觉得自己的翅膀是鸟类中最漂亮的。在骄傲的同时,它忽然想:既然我这双翅膀这么珍贵,我可要好好爱惜,不能让翅膀损伤、变丑。

从那以后,每当公鸡飞翔的时候,都担心自己翅膀的羽毛会脱落,担心一用力就会折伤翅膀。于是,为了“保护”翅膀,它干脆不再飞翔,也不再到树上找虫子吃了,饿了就在地上寻找食物充饥。

时间一长,公鸡逐渐失去了飞翔的本领;而鹰,仍然在高空中翱翔。

宝剑越磨越锋利,本领越用越娴熟。不舍得使用,本领就会荒废,功能就会退化,结果就会导致自己的人生失去活力。

一个人是否感到幸福快乐，跟自己是否每天充满活力密切相关；一个人在事业上是否能不断创造辉煌，同样跟自己是否每天充满活力密切相关。

要让自己每天充满活力，除了坚持体育锻炼和保持良好心态外，还要保持良好的生活习惯。

根据研究发现，习惯早起的人可以在一天的工作和生活中表现出比别人更好的状态。早上起来，呼吸着新鲜的空气，保持着清醒的头脑，对于今天要做什么、该怎么做往往有一个清晰的计划和思路，从而对这一天的工作和生活都充满自信。这是事业走向成功的基础，也是在生活中感到幸福的重要因素。相反，那些爱熬夜、喜欢睡懒觉的人，往往感到非常疲惫，经常怀疑自己的健康程度，从而容易导致大脑混乱，整天萎靡不振，不能明确地计划自己的工作和生活，缺乏工作活力和生活热情，往往在事业和生活中都容易走向失败。因此，持之以恒地保持早睡早起的生活习惯，对于你每天是否充满活力至关重要。

另有一项研究发现，爱做家务活、喜欢保持家里干净整洁的人比那些不爱打理家庭卫生的人更有活力。美国研究人员对998名不同年龄段的人进行调查，发现那些爱干家务活的人在保持室内卫生的同时，也收获了额外的锻炼效果，比那些不爱干家务活儿的人身体更健康，内心更加充满活力。多数人可能抽不出或不愿抽出半个小时去跑步，但他们可以用半个小时来做家务，洗洗衣服、拖拖地板、擦擦桌椅和窗户，在这个过程中达到活动筋骨、喘气出汗的效果，通过劳动会使自己对身体的健康程度感到满意和自信，整个身心就会充满活力。所以，请不要懒惰，少把时间用在玩手机、看电视上，多留一些时间来自己做做饭菜、打扫卫生，保持自己的身心健康，使自己每一天都充满活力。

让自己活得有特色

漂亮的脸蛋是否更能让人留下深刻的印象？德国心理学家的研究结果令人感到意外——由于缺乏辨识度，漂亮的脸蛋虽然大家都愿意看，却往往并不能令人留下深刻的印象。这项研究是在耶纳大学进行的，研究成果发表在英国的《神经心理学》杂志上。论文的主笔者、德国心理学博士后霍尔格·威斯说："我们先前认为，漂亮的面孔更具有吸引力，也更容易被我们记住，因为我们每个人都愿意多看几眼。然而事实并非如此。"

研究人员向接受测试者出示了两组面部照片。一组照片的面孔被大家认为比较具有吸引力，另一组照片的面孔被大家认为不具有吸引力。研究人员让接受测试者先后认真观察每张照片数秒钟，看完照片后让他们稍事休息，然后再向他们出示刚才那些照片，要求他们辨认。结果，接受测试者在辨认有吸引力的面孔时，错误率明显比辨认不具有吸引力的照片时更高。

为什么会产生这样的结果呢？研究人员利用脑电图进行记忆测试，结果发现漂亮面孔产生的"情绪性影响"具有干扰性，使它们更难以被记住。漂亮的面孔往往比较符合大众的审美观，它们容易出现特征相似、共性明显的现象，虽然大家会比较喜欢，但由于缺乏特点，又往往令人无法记住。而那些既有吸引力又能被记住的面孔，通常会有种"突兀"的美感，比如美国好莱坞女星安吉丽娜·朱莉的脸能被全世界记住，是因为她具有特征明显的大眼睛和丰满嘴唇。

当今时代，许多人为了使自己变得更加漂亮、变得更具吸引力，不惜花重金去"改头换面"，通过整容的方式让自己拥有一张漂亮的脸蛋。而这种"漂亮"往往使自己失去了原来的特征，变得更加让人容易忘记。

在生活中，许多人为了让自己更受别人欢迎，特意磨掉自己的个性，四面八方地去迎合别人的口味，久而久之，自己也就失去了特点，在社会交往和事业追求中迷失自我，变得世俗、平庸，永远也无法脱颖而出。

保持自己的个性，活出自己的特色，走出自己与众不同的人生之路，只有这样，我们才能更加令人钦佩、更加令人无法忘怀！

勇敢地去追赶生命

比尔·盖茨(Bill Gates)是首屈一指的科技天才,他13岁开始编程,后来创办微软公司,对于全世界都可以说是一场影响深远的科技革命;他是一个商业奇才,独特的眼光使他总是能够准确看到IT业的未来,他独特的管理手段,使得不断壮大的微软能够持续保持活力;他的财富更是一个神话,39岁便成为世界首富,在《福布斯》全球亿万富翁排行榜中曾经连续13年蝉联世界首富,这个神话就像夜空中耀眼的星辰,令全世界为之艳羡。

很多人把比尔·盖茨的巨大成功归结于他的聪明头脑。确实,他的聪明对他的成功起到了重要的推动作用,但我们从他的成长经历可以看出,他的志向、他的毅力在他漫长的奋斗历程中才是起最关键作用的。

比尔·盖茨的童年在美国华盛顿州的西雅图度过。他从小就喜欢看书、喜欢思考,并且随着阅读量的不断增加,思考的问题也越来越多、越来越深刻。那时,他最喜欢看的是那套《世界图书百科全书》,经常连续几个小时阅读那本几乎有他三分之一体重的大书,一字一句地从头到尾地看，并且反复看了一遍又一遍。可是面对着沉重的书籍，他心想：随着人类发现的事物越来越多，社会的知识越来越丰富，书籍不是也就会越来越多、越来越厚、越来越重吗？这样该是多么不方便呀！如果有一个小小的"魔法盒"，可以装下许许多多的书籍，那该多好，这样去哪里都可以方便地携带着，任何时候都可以把书本拿出来阅读了。这个在当时看似无比荒诞的愿望，在后来竟然被他实现了——只需要一个小小的芯片，就可以将海量的知识存储进去。

一直以来，比尔·盖茨都在思考人生的意义，他不甘心自己的一生平平凡凡地度过。有一次，小小年纪的他忽然对同学卡尔·爱德说："与其做一棵草坪里的小草，还不如成为一株耸立于秃丘上的橡树。因为小草们千篇一律，毫无个性，但橡树却高大挺拔、顶天立地。"

他坚持写日记，随时记下自己的想法。他在日记里表达了对生命来之不易的感悟，表达了对于抓住人生机会、干一番轰轰烈烈事业的渴望。他在日记里写道："也许，人的生命是一场正在焚烧的'火灾'，一个人所能去做的，就是竭尽全力要从这场'火灾'中去抢救点什么东西出来。"正是因为拥有了这种"追赶生命"的意识，他做什么事情都希望做得比别人更好、做得更加完美。

为此，对于学校的任何功课和老师布置的作业，无论是演奏乐器还是写作文，或者体育竞赛，他都会全心全意花上所有时间去出色完成。一次，老师给学生们布置了一篇关于人体特殊作用的作文，要求写四五页的篇幅。结果比尔·盖茨结合他爸爸书房里的百科全书和其他医学、生理、心理方面的书籍内容，洋洋洒洒一口气写了30多页。又有一次，老师布置同学写一篇不超过20页的故事，比尔·盖茨浮想联翩，竟然写出了长达100页的神奇而又曲折无比的故事，使老师和同学都感到十分惊讶。不管做什么事情，比尔·盖茨都喜欢做到登峰造极，不达到一鸣惊人的效果他就不甘心。

这种不甘人后的精神，还体现在比尔·盖茨参加体育和社会活动方面。有一次暑假，学校组织学生们参加80公里的徒步行军，时间是一个星期。比尔·盖茨穿了一双崭新的高筒靴，由于这双新鞋不太合脚，使他在每天13公里的徒步行军中吃尽了苦头。第一天晚上，他的脚后跟磨破了皮，脚趾上起了许多水疱。他咬紧牙关，坚持走下去。第二天晚上，他的脚红肿得非常厉害，开裂的皮肤还流了血。同伴们都劝他停止前进，他却摇摇头，只是向随队医生要了点药棉和纱布包扎一下，又要了些止痛片服用，继续上路了。就这样，他一直坚持到一个途中的检查站，领队发现他的脚发炎严重，下令医治，他这才不得不终止了这次行军。比尔·盖茨的母亲从西雅图赶来，看到他双脚溃烂的样子时，难过得哭了，埋怨儿子为什么不早点停止行军。面对母亲伤心的眼泪，比尔·盖茨淡淡地说："可惜我这次没有到达目的地。"

在比尔·盖茨的人生历程中，远大抱负、异想天开、坚持不懈这三个因素始终伴随着他，使他总是那么与众不同，总是那么光彩夺目。

人的生命只有一次，这是上天赋予我们的机会。我们只有好好珍惜这来之不易的生命，只有好好珍惜任何一个可以奋斗的机会，只有勇敢追寻属于自己的一片天地，才不枉来到人世间走一遭。

只要我们勇敢地追赶生命，我们也可以拥有与别人不一样的人生。

·把兴趣做成专业

在日本，有位刚过30岁的医生，有着稳定的工作和收入，但他并不快乐，因为他从小就喜欢写作，想成为一名作家，可是却从事着自己丝毫不感兴趣的医生职业。他觉得很迷惘，他已经过了而立之年，却无法忘记自己曾经的梦想。于是，他写信给一位百岁老人，诉说了自己的苦恼。老人立刻回信给他，对他说："你应该做你自己喜欢做的事。"于是，这位医生豁然开朗，立刻弃医从文。后来，他成了日本大名鼎鼎的作家。他就是渡边淳一。

在中国，有一个从事牙医5年的人，虽然牙医这份工作给他带来了不错的薪酬，但每天面对着一排排病人的牙齿，他在心里问自己：难道这就是我一辈子的生活？他觉得这跟自己的梦想反差太大，因为他爱好的是美好的文学。经过一段时间的内心徘徊和挣扎之后，他终于决定放弃牙医这个职业，全身心地投入自己感兴趣的写作之中。结果，他成了中国很有名的作家。他就是余华。

其实在我们身边，有很多这样的人，他们对自己从事的工作没有任何兴趣，但他们放不下，或者为了生活，于是不得不继续待在原来的岗位上，做着毫无快乐可言的事情。国外有一家调查机构曾就“职业与兴趣”对1000名职场人士进行调查，结果发现竟有38%的人对自己从事的职业不感兴趣，而其中，最终能脱离不感兴趣职业的人不足3%。

显然，要想在自己不感兴趣的职业上取得很大成就，这是不太可能的。因为没有热情，就没有动力，从而也就失去了追求上进的心思。那些成功人士，大多是由于自己本身对自己工作和事业的热爱，于是对工作和事业充满了激情，并集中时间和精力将它们做好、做精。

为了让自己过得快乐，为了让自己实现梦想，我们就应该尽量使自己从事感兴趣的工作，尽量使自己去做感兴趣的事情。如果暂时不能，我们也应该想方设法，使自己尽量靠近梦想，为机遇做足准备；一旦时机到来，便义无反顾地走向自己的兴趣所在。

第二辑

完美的追求

每个人生下来都是不完美的，每个人身上都有缺点。有的人有许多小缺点，有的人有很多大缺点。是对自己的缺点视而不见，寻找借口自欺欺人，还是正确地认识自己的缺点，想方设法来改进自己、完善自己？这是决定自己一生命运的选择。如何看待自己，如何战胜自己，使自己在思想境界上站得更高，在个人形象上变得更加完美，值得我们思考，需要我们努力。

不要为缺点找理由

乌鸦因为长得丑，说话又尖酸难听，很不受其他鸟的喜欢。

乌鸦也知道自己名声不好，所以非常苦恼。为了改变自己在大家心目中的不良形象，乌鸦在家里冥思苦想了一阵，终于想到了自认为的好点子。

这天，乌鸦看到鸟儿们正在聚会，就急忙凑上前去，对大家说："你们知道吗？孔雀开屏的时候有一个大缺点——它会把屁股露出来，哈哈！"

大家白了乌鸦一眼，没有说话。

乌鸦接着说："雄鹰看起来很威风吧？可是上次我看见它被一只大雕追得惊慌失措。原来它也有胆怯的时候啊，哈哈！"

大家很不高兴地沉着脸，仍然没有说话。

乌鸦还以为其他鸟听得很入迷呢，于是继续高谈阔论："就连凤凰——我们的鸟中至尊，其实它的歌唱得不怎么好，舞也跳得不怎么好呢……"

猫头鹰很不耐烦地打断乌鸦的话："你到底想表达什么？"

乌鸦说："其实大家都有缺点嘛，就连那些很有名气的鸟都有缺点。"

猫头鹰语重心长地说："乌鸦，有缺点并不会让别人看不起；最让别人看不起的是明知道自己有缺点，却不思改正，反而喜欢拿别人的缺点来自我安慰，这是很愚蠢的。"

在我们的现实生活中，像故事中的乌鸦那样，喜欢拿别人的缺点、丑闻来自我安慰、自欺欺人，为自己的缺点开脱的人非常多。他们热衷于从历史人物、明星名人身上寻找缺点、寻找逸事、寻找丑闻，然后作为自己与别人的谈资，作为取笑那些人物的素材，作为为自己的缺点开脱的借口，作为寻求心理平衡的依据。

于是，我们经常看到一些人被别人劝导戒烟的时候，明明是因为自己经不起诱惑、意志不够坚定，却为自己没有戒烟找到理由，反而对劝导者说，某某某伟人还不是一辈子吸烟，还不是活了多少多少高龄；某某某一辈子不吸烟，还不是寿命不长。我们经常看到一些人被别人劝导不要酗酒的时候，他们不但不听，反而向劝导者举例子，李白斗酒诗百篇，多少伟人、名人都是好酒之徒，他们的很多成功都跟酒有关。我们经常看到一些人脾气暴躁，经常骂人，当别人劝导他们要改改臭脾气的时候，他们就举出例子，哪个哪个伟人也是很有脾气的，但照样获得成功，照样赢得人们的尊敬。我们经常看到一些人行为不检点，当别人劝导他们要自重自爱时，他们就会列举出一串名人的名字，来粉饰自己，证明自己的行为是没什么大不了的事……

"金无足赤，人无完人。"这句话道出了每个人都有自己的缺点、缺憾。但是，这句话最应该用来开导我们容纳别人的缺点，容忍别人的过错，从而达到谅解别人、友好相处的目的。可是现在，很多人却把它作为容忍自己的缺点、不肯改正自己的缺点的依据。这是非常可笑、非常可悲的。

虽然我们不可能真正实现完美的状态，但我们都应该拥有一颗追求完美的心灵。面对自己的缺点，除了长相、躯体等这种先天性的东西，其他后天养成的东西，比如性格、习惯、癖好等方面存在的缺点，只要是我们可以改正的，我们就应该全力去改正；只要我们可以让自己变得更完美一些，即便是一点小小的改善、一点小小的进步，那都是值得肯定的、都是值得鼓励的。

伟人、名人有自己的缺点，这并没有什么奇怪，但并不意味着他们的所有东西都是我们学习的榜样。无论他们事业上取得多么大的成功，他们的缺点仍然是缺点，而决不会因此就变成优点。我们要学习的是他们的优点，而不是他们的缺点。对于那些成功人士的优点与缺点，我们必须辩证地看待，批判性地吸收，而不是把他们的所有经验、所有做法都不分青红皂白地照单全收，更不要陷入这样的误区——把他们的成功跟他们的优点割裂开来，反而跟他们的缺点联系起来，这是本末倒置的。比如，某某某伟人的长寿，不是因为他爱吸烟，而是因为他肯锻炼身体，会养生，但如果他不吸烟，也许寿命还将更长；又如，某某某名人的成功，不是因为他好酒，也不是因为他脾气暴躁，而是因为他肯专心学习，努力拼搏……

缺点就是缺点，无论你怎么粉饰、怎么美化、怎么开脱，它还是缺点。与其欲盖弥彰，不如严肃地正视它，勇敢地面对它，坚决地改正它，果断地消灭它。不要为自己的缺点找理由，因为这样的理由不但对你的生活和事业毫无帮助，反而会让你自我麻痹、不思上进，这种方式最终只会害了你自己。

正视缺点，改正缺点，战胜自我，完善自我，这才是真正的强者应该做的事情。

别把依赖当成习惯

有一个年轻的船夫在河里划着桨。

风吹过来，对船夫说："我送你一程吧，这样你就不用这么费力了。"

船夫高兴地说："好呀好呀。"

于是，风吹着船往前漂去。

船夫虽然轻松了，可还是觉得划桨是件麻烦事，便对风说："风啊，你能不能加大点力度，这样我就不用划桨了。"

风说："可以呀。"

于是，风加大了力度，吹着船迅速在河里行驶。

船夫舒服极了，心想：既然有风了，我还留着桨有什么用呢？

于是船夫将桨扔进了河里。

过了一会儿，风停了。船在河里不动了。

船夫急了，大喊道："风啊，你可不能扔下我不管呀。"

风的余音从远处飘来："我帮得了你一时，却帮不了你一世哪！"

这个故事反映出的是我们现实中许多活生生的例子。一些人总是存在对别人的依赖心理，做什么事情都不肯自己动脑、动手，总是希望可以依靠别人帮忙解决问题。久而久之，自己失去了独立思考、独立行动的能力。一旦别人不再帮他，他就一事无成、怨天尤人。而总是依赖别人来帮忙，除了自己的亲人可能会包容外，别人又怎么能够长期容忍呢？

尤其在中国，许多父母过分溺爱自己的孩子。很多孩子从小到大都过着衣来伸手、饭来张开的优越生活，缺乏忧患意识，缺乏生活自理能力。这样的人，一旦离开了父母，就会发现自己这样事情不会做，那样事情做不好，根本无法适应生活、无法适应社会，最终成为这个优胜劣汰的社会中的淘汰品。而父母终究无法一辈子照顾自己的孩子，孩子们长大后需要出去工作，需要自己生活，需要结婚生子，需要承担起自己的责任和义务，而这一切，父母终究无法代替他们来做。所以，正所谓“帮得了一时，帮不了一世”。

一些年轻人，在家习惯依赖父母，在外习惯依赖他人。出门在外，生活中，遇到一点点小事情，就到处找人帮忙，依赖别人帮助处理；工作中，别人的任务不愿碰，又总是希望自己的那份任务有人帮忙完成，缺乏独立思考的能力，什么事情都等上司来考虑、来安排，出了一点小事就乱得不知所措。久而久之，朋友渐渐烦躁，有意识地疏远；同事渐渐厌恶，不愿做其搭档；上司渐渐鄙视，很可能就此炒其鱿鱼。

因此，作为孩子们，作为年轻人，我们必须培养自立、自强的性格和能力，从内心根除依赖别人的心理，做到遇到事情独立思考、自我判断、亲力亲为。

如果在生活和事业中，有人帮助了我们，我们应该心怀感激，但必须清醒地认识到，这些只是我们的人生运气，可遇不可求，不能由此就寄希望于别人的继续帮忙或者更多人来帮忙。在感恩别人帮助的同时，不要丢掉自己的“桨”，不要形成依赖心理，继续保持自立、自强的精神和习惯，使自己在生活中可以照顾好自己，在工作中始终具备独立处理各种复杂问题的能力。

在这个世界中，任何人对你的帮助都只是暂时的，自己的能力才是你生活和事业中一辈子的保障。

每个人的长处都值得学习

很久以前，凤凰只是森林里极为普通的鸟，过着平凡的生活，毫不起眼。

但是，它的变化却在平凡的起点上慢慢开始了。

一只孔雀正在开屏，一身五彩斑斓的羽毛展示在阳光下，漂亮极了。

凤凰看见了，由衷地赞叹说："哇，真美啊！"

旁边的麻雀露出不屑的神色，冷哼一声，对凤凰说："那只不过是个高傲的家伙，不就有个好看的羽毛吗？就自以为与众不同了。没什么了不起！你没必要恭维它。"

"不，我很欣赏孔雀的美丽和高贵。"凤凰说完，上前虚心向孔雀讨教打扮自己、培养气质的方法。

凤凰看见正在向其他鸟儿传递快乐的喜鹊，便由衷地赞叹说："喜鹊的心真好，怪不得它有这么多的朋友！"

旁边的白天鹅斜着眼瞅了一下喜鹊，冷冷地说："那是个长得丑陋的家伙，还整天自我感觉良好，跟这个聊两句，跟那个聊两句，不就是嘴巴甜一点而已吗？你没必要恭维它！"

“不，我很欣赏喜鹊善良乐观的性格和助人为乐的精神。”凤凰说完，上前虚心向喜鹊讨教与他人融洽相处的方法。

凤凰听见夜莺在歌唱，便由衷地赞叹说：“多么优美动听的歌声呀！”

旁边的布谷鸟摇了摇头，说：“那是个性格孤僻的家伙。不就是有个好嗓音吗？一天到晚在那里显摆。其实它除了那个嗓子，再也没有其他的任何优点了。你没必要恭维它！”

“不，我很欣赏夜莺美妙动人的歌声。”凤凰说完，上前虚心向夜莺讨教歌唱技法。

当其他鸟儿埋怨乌鸦太晦气时，凤凰却欣赏乌鸦敢于说真话；当其他鸟儿看不惯百灵鸟口齿伶俐时，凤凰却欣赏百灵鸟的良好口才；当其他鸟儿奚落啄木鸟不懂得休闲享乐时，凤凰却欣赏啄木鸟的辛勤劳动……

凤凰用自己的虚心和诚心打动了孔雀，打动了喜鹊，打动了夜莺，打动了乌鸦，打动了百灵鸟，打动了啄木鸟……它们都很乐意把自己的特长教给凤凰。

慢慢地，凤凰有了漂亮的羽毛，有了高贵的气质，有了博爱的胸怀，有了美妙的嗓音，有了真诚的品质，有了过人的口才，有了良好的承受能力，越来越受到其他鸟儿敬重，最后成为鸟类一致拥戴的鸟中至尊。

每个人都有自己的优点，每个人也都有自己的缺点。很多人之所以一辈子碌碌无为，是因为他们看不到自己的榜样，看不到自己要努力的方向，从而根本不会想着怎样去改变自己、怎样去完善自己，使自己的人生实现跳跃、实现超越。他们用自己的眼光看别人时，都是喜欢寻找别人的缺点，并以此作为与他人的谈资，以此作为自我安慰、沾沾自喜、不求上进的理由。他们不愿意去寻找别人的优点，或者不愿意去承认别人的优点，甚至千方百计地去贬低别人、抬高自己。结果就是，无论他们怎样贬低别人，别人还是那么高；无论他们怎样抬高自己，自己还是那么矮。

而那些取得巨大成功和辉煌成就的人，他们刚生下来的时候也都只是一个普通人。他们之所以最终成为一个响当当的人物，就是因为他们能够坚持不懈地学习，学人之长、补己之短，不断地提升自己，最终到达比别人更高的高度。

孔子说："三人行，必有我师焉。择其善者而从之，其不善者而改之。"三个人之中，都必然会有一个值得自己学习的人，何况芸芸众生？在我们的社会交往中，会遇到各种各样的人，他们也会拥有各种各样的本领、能力，会拥有一些与众不同的优点，这些东西都值得我们去谦虚地请教、学习。对于别人的缺点，我们看在眼里，记在心上，对照自己，提醒自己尽力避免染上这些缺点，如果已经有了，那就立马改正过来。

保持良好的心态，主动地去发现别人的优点，主动去学习别人的优点，那么，你就将成为命运的"挖金人"，你的人生将收获宝贵的财富。你从别人身上学到的优点越多，你拥有的能量也就越多，改变命运的机会也就越大。终有一天，你也将成为绚丽多彩、耀眼夺目、腾空万里的凤凰！

每一点经历都是财富

艾文·伯林(Irving Berlin)是美国著名的作曲家、流行歌曲作家,他出生于俄国西伯利亚,5岁到美国,在纽约东区长大。小时候,艾文·伯林家境贫寒,父亲在一家肉店里打工,起早贪黑,领着微薄的薪水;他的姐姐们靠编织毛衣赚取微薄的生活费;哥哥在一家工厂打工;他们一家8口人挤在一间阴暗的地下室里居住。为了生活,艾文·伯林从小就凭借着自己独特的歌喉沿街卖唱。

艾文·伯林只在学校里读过两年书,一生中没有受过任何专业的音乐训练,在乐谱方面一窍不通。可是,这并没有影响到他对唱歌的热爱和执着,也并没有影响到他在音乐事业上取得巨大成就。他所作的曲子达到上千首。他对美国大众音乐产生了深远的影响,以至于现代美国一流的正统派作曲家约翰·欧登·卡本特说:“多少年过去后,音乐评论家也会这么说,美国音乐的诞生是从艾文·伯林开始的。”

在艾文·伯林年轻的时候,他在巴瓦利街演唱。这个时期,他遇到了一位盲乐师。这位盲乐师每天都在街上演奏乐器,以换取人们的施舍。那些曲子非常悦耳动听,艾文·伯林忍不住轻轻地跟着这些曲子哼唱起来。他感到兴奋不已，心想：如果我能每天听到他的曲子，并且把这些曲子记下来，那该多好啊！

艾文·伯林灵机一动，他走到盲乐师的面前，满怀谦逊地说："尊敬的先生，我观察您很久了，您的眼睛不太方便，可是为了让更多听众听到您的曲子，您每天都需要从这个街口穿越到另一个街口，而来来往往的车和人都非常多，您这样走来走去，非常危险。要不，以后每天都让我来做您的向导吧？"

盲乐师一愣，苦笑着说："孩子，我可没有钱向你支付佣金呀，我每天赚的钱只够勉强支撑我一个人的生活。"

艾文·伯林说："我不需要您支付任何佣金。"

盲乐师疑惑地问："那你为什么要这么做呢？"

艾文·伯林回答说："我只想每天听您的演奏，每天听到您那美妙的曲子。"

盲乐师答应了。于是，以后每天艾文·伯林都牵着盲乐师的手从这个街口走到那个街口，帮助盲乐师找到卖艺的地方。

在盲乐师演奏的时候，艾文·伯林会静下心来，用心地倾听，并且轻轻地跟着哼唱，用这种方式将曲子默默地牢记在心里。

回到家后，艾文·伯林根据盲乐师演奏的曲子，自编歌词。当他在酒店或餐厅唱歌时，就唱出这些歌曲，然后观察听众的反应。当听众们反应热烈的时候，他就知道，这些歌曲成功了。

就这样，艾文·伯林通过这种在任何一所优秀大学都学不到也是别人不屑一顾的宝贵技巧，作了大量的曲，写了大量的词，唱了大量的歌，获得巨大的成功。

1907年，艾文·伯林首次发表作品《玛丽来自阳光灿烂的意大利》，

1911年发表了第一支很有影响力的作品《亚历山大的拉格泰姆音乐队》。此后，他为自己的艾文·伯林音乐出版社以及百老汇和电影写了大量的歌曲。第二次世界大战期间，艾文·伯林为舞台与银幕谱写的爱国歌曲《从军歌》，获得了美国功勋奖章，歌曲《上帝保佑美国》，获得国会最高金质勋章，他还被授予法国荣誉勋位。1942年为影片《假日旅店》谱写的歌曲《银色圣诞节》，获得第15届奥斯卡最佳歌曲金像奖，他还因为此片获得最佳原著故事金像奖提名。

艾文·伯林作为一位自学成才的歌曲创作家，生活经历是他创作歌曲时源源不断的财富。艾文·伯林第一次听到“上帝保佑美国”这句话，是出自他的母亲之口——他的母亲是个不会说英语的犹太人，当她以俄语说“上帝保佑美国”时，是以极虔诚的口气说出来的。艾文·伯林一家8口居住在俄国时，遭受了迫害，当他们全家流亡到安全、自由的美国，虽然过着贫穷困顿的日子，但和当年在俄国的恐惧生活相比，美国这个新世界就犹如天堂一般，在这种背景下，他的母亲对美国抱着非常感激的心理，每当作感谢祈祷时，他的母亲最后都会加一句“上帝保佑美国”。于是，这一幕被艾文·伯林深深铭记，并且成为他创作的题材。艾文·伯林其他许多歌曲的创作，也都是描述他自己的生活点滴。比如，1911年他的首任妻子在与他结婚六个月后就与世长辞，悲恸欲绝的他写了一首歌《失去你时》；1917年第一次大战期间，他在军队中服役，因为每天早上6点就得起床，他觉得痛苦不堪，于是又作了一首《可恨的起床时间》；后来，他和富家千金艾琳·玛琪发生恋情，艾琳父亲一气之下便把艾琳送往欧洲，希望她忘掉艾文，就在此时，艾文·伯林又作了《孤独》《怀念》这两首曲子；当他和艾琳终于步上结婚的红毯时，他又写了《永远爱你》这首曲子，以表达他对妻子的深厚感情。正如艾文·伯林说过的:“任何一首歌都不可能无中生有,必定是心中有所感触地浮现某件事,才能将它化为一首歌。”

艾文·伯林从小生活艰苦,没有机会进入学校深造,可是他从未放弃自己的梦想,对生活的热爱从未改变,他把自己的每一点人生经历都当成宝贵的财富,从这些人生经历中获取经验、思考未来,从而使自己的人生之路不断走向成功。

许多人埋怨自己出身低微,没有条件接受良好的教育,没有资本大干一番事业,却忽略了自己所拥有的一笔最宝贵的财富,那就是人生经历。你的出身是上天赋予的,可是你的命运并不会由这些因素决定。因为无论你的出身如何,你跟别人一样拥有奋斗的机会,一样拥有改变命运的机会。虽然起跑线不一样,可是人生之路如此漫长,只要你肯奋起直追,你就一定能超越很多很多人。只要你肯付出努力,你的前途一样可以光明而美好。

生活就是一本书,需要我们用心去读、用心去品、用心去思考。生活会赋予我们知识,赋予我们智慧。我们要热爱生活,认真去感受生活,从中寻找新的东西,感受新的事物,而不是畏畏缩缩地躲在家里,不敢越出雷池半步,不敢体验丰富多彩的人生。我们要敢闯敢干,以一颗激昂澎湃的心,敢于挑战人生中遇到的各种困难和阻碍,敢于攀爬和翻越一座又一座人生的高山,不惧怕失败,不惧怕受伤,勇敢地去追逐自己的梦想,勇敢地朝着自己的目标奔跑不息。

珍惜你的生活吧,你的生活就像一座宝藏,只要你肯去挖掘,只要你肯去发现,里面会有很多你想要的东西,里面会有很多可以帮助你成长、帮助你成功的东西。无论你现在是多么卑微,你也决不能放弃对生活的热爱、决不能放弃奋斗的精神。保持你的自信,勇敢地前行,生活就一定会赋予你成功的营养、会赋予你前进的动力,让你找到打开成功大门的钥匙。

磨炼是一种人生机会

一些泥巴被砖工用车运走。另一些泥巴见了，议论纷纷。

“听说它们要被砖工做成泥砖，然后拿到窑里去煅烧呢！”

“是啊，真可怜！在那么高温的条件下煅烧，真是受尽磨难！”

“那种地方，打死我也不会去的。你看我们，多好，可以尽情地享受阳光和雨露，天天活得无比惬意，这才叫作生活！”

“这真是命啊！瞧瞧我们的命多好，天生就应该过上舒适幸福的生活；而它们的命真是太差了，居然被强迫去那种苦难的地方！”

……

这些没有被运走的泥巴，感觉自己是多么幸运！

那些被运走的泥巴，被做成泥砖后，经过砖窑里的高温炙烤，慢慢变红、变硬，然后被用作建筑材料，堆砌起了一座座高楼大厦。

某夜，一场暴风雨忽然来临。那些没被砖工运走的泥巴被大雨一冲洗，顷刻间都成了烂泥，然后溶入雨水中，合成泥水，向四处流散。

而曾经被放进砖窑里煅烧过的泥巴——那一块块坚实的火砖，此刻正昂首挺胸地迎着暴风雨，谈笑风生。

害怕吃苦，害怕磨炼，贪图安逸的生活，贪图一时的享乐，始终是无法成器的，也经不起人生的考验。

孟子说："天将降大任于斯人也，必先苦其心志，劳其筋骨，饿其体肤，空乏其身，行拂乱其所为，所以动心忍性，曾益其所不能。"世上能够成就大事的人，都是经过了生活磨炼的人。通过艰苦的磨炼，消除了他们的浮躁，丰富了他们的经验，锻炼了他们的意志，练就了他们的胆量，培养了他们的品格，增强了他们的自信，使他们的抗压能力更强，遇到急难险重的事情更加冷静沉稳，处理起事情来更加精熟干练。而这些，都是作为成功人士的必备素质。

许多国家领导人都是从基层干起，许多商业巨人都是从业务员做起、从摆地摊起家，而且一旦他们获得成功，他们的事业会比那些历练不足的人更稳固，他们在人生的大风大浪中更不容易被击垮。

然而，当代社会，很多年轻人不愿意到基层去历练，不愿意到第一线去体验。究其原因，一种情况是，一些年轻人看不起基层，看不起第一线，觉得那是文化层次比较低、社会地位比较低的人才去干的活，觉得自己读书多年，知识渊博，到那里是大材小用，是浪费人才；或者觉得自己出身不凡，家庭条件优越，怎么能跟那些基层的人、第一线的人混在一起，那样是自掉身价，于是不屑于去基层、去第一线锻炼。另一种情况是，一些年轻人从小就养尊处优，过着衣来伸手、饭来张口的优越生活，没吃过任何苦——父母也不舍得让他们吃苦，现在要求他们去条件艰苦的地方锻炼，他们就会望而生畏，不敢前行。

可是，在这个世界上，付出和收获往往是成正比的。不愿意到条件艰苦的地方去历练，不愿意吃苦，自己的素质和能力就难以提升起来。

并且，由于不到第一线去了解实际情况，自己就容易脱离实际，凭空想象，做起事情来主观而浮躁，结果导致失败。

“读万卷书，不如行万里路”，从书本、材料上看到的东西，绝对比不得用亲自经历所取得的直接经验和人生体悟宝贵。“不经一事，不长一智”，只有在基层、在第一线摸爬滚打过，才能懂得那里的工作方式方法，才能学到人们丰富的工作经验和人生经验，也才能看清楚存在的一些问题和困难，从而思考进一步改进的办法；只有在基层、在第一线摸爬滚打过，才能懂得基层、第一线的人们的各方面境遇，才能了解他们的真实想法、他们的实际困难、他们的强烈呼声。了解了这些，我们提出的意见、作出的决策才能符合实际，才能得到他们的支持。

“庭院里跑不出千里马，花盆里栽不下万年松”，基层和第一线是年轻人成长的沃土，也是年轻人施展才华的舞台，更是青年人才脱颖而出的平台。我们到艰苦环境去锻炼，不能带着去“镀金”的思想，而应该本着去“炼金”的决心，真正使自己的人生得到历练。我们要通过在艰苦的环境中锻炼、磨砺，培养出自己吃苦耐劳、坚忍不拔的品格，提高自己适应各种环境的能力；要通过各种方式的磨炼，克服心浮气躁的缺点，使自己真正懂得如何沉下心去做事，懂得怎样一点一滴去积累经验。“纸上得来终觉浅，绝知此事要躬行”，我们要通过亲力亲为，使自己的动脑、动手能力都不断增强，各项本领不断提高，真正成为能干事、干成事的优秀人才。

基层和第一线永远是一本永远读不完的书，也是年轻人永远的课堂。我们要想有所作为，就一定要到基层、到第一线去锻炼，到艰苦的环境中去锻炼，到创业的前沿去锻炼。我们要把这些历练自己的机会，看得比黄金还贵重。好好地珍惜这些机会,因为它们是你人生的跳板,在你真正用心地沉下去之后,你将跳得比其他人更高。

让自己的工作更完美

詹姆斯·弗朗西斯·卡梅隆(James Francis Cameron)是享誉全球的著名导演,他执导的《泰坦尼克号》和《阿凡达》成为全球电影票房史上最卖座的电影。卡梅隆在电影事业上的成功主要源自他丰富的想象力和拍摄过程中一丝不苟、精益求精的精神。

在拍摄《泰坦尼克号》时,卡梅隆一心追求自己心目中的完美目标,他几乎亲自操办每一件事情,从给特技人员画受力分析图、讲解大船沉没的原理,到为片中的杰克提笔画素描,等等,他都亲力亲为。在整个拍摄过程中,卡梅隆对演员和工作人员要求十分严格,甚至可以说是非常苛刻。

然而,这次拍摄遇到了难以想象的困难,极端的天气,酷寒的海水,演员和工作人员的怨声载道,投资方的冷言冷语,这一切使卡梅隆接近崩溃的边缘。可是,卡梅隆仍然坚持了下来,并且喊出了近乎悲壮的豪言壮语:"'泰坦尼克号'轮船可以沉没,但是《泰坦尼克号》这部影片不可以沉没!"

最终,卡梅隆的努力没有白费,他的付出换来了巨大的回报。《泰坦尼克号》推出3个月后，全美票房收入高达4.7亿美元，而国际票房更是超过了18亿美元。这部影片成了最卖座的影片之一。影片获得了14个奥斯卡奖的提名，并最终获得了其中的11个奖项。卡梅隆也因此获得了第70届奥斯卡最佳导演奖。

然而，就在卡梅隆还沉浸于胜利的狂喜中时，一封由著名天文学家泰森博士寄来的信，给卡梅隆泼了一瓢冷水。在信中，泰森博士毫不客气地指出，《泰坦尼克号》拍摄得并不完美，里面有“穿帮”的镜头——在影片结尾的男女主角生离死别之时，女主角Rose抬起泪眼，仰望星空，看到的背景是错的。当时，影片为了体现主人公悲凉的心境，天空中展示的是一片阴云包裹之下的惨淡星光。泰森博士经过仔细考察，给出的答案是，1912年4月15日凌晨4:20左右，“泰坦尼克号”沉没位置的海域，夜空很晴朗，没有云，也没有月亮，天上亮晶晶一片，还能看到北斗七星。

收到泰森博士的纠错信之后，卡梅隆一下子从狂喜中冷静下来，对影片里的错误感到十分失落。这个时候，影片已经在世界各地公映，这个错误在此时难以纠正。但影片内容牵涉到真实的历史，这个“穿帮”镜头确实错得有些离谱，与自己追求完美的执导风格背道而驰。这个错误成了卡梅隆一块挥之不去的心病，尽管暂时无法纠正，可他还是决定诚恳地向泰森博士请教，并且想方设法弄到了一张当时的准确星空图。

10年后，卡梅隆决定重新拍摄《泰坦尼克号》，并且采用3D模式拍摄。这次卡梅隆特意修正了那个错误，弥补了当年的遗憾。影片将美丽的夜空完美地展现在观众面前，使观众得以身临其境一般，重温了那段真实的历史。卡梅隆在影片上映之前，主动向媒体公布了这一细节。这条消息经过无数媒体转载，很快成了热门话题。卡梅隆对电影事业的热爱、对完美精神的追求、对工作的一丝不苟，赢得了人们的钦佩和尊重，也使得人们更加关注他推出的每一部影片。

有缺点、有错误，不要回避、不要掩饰，积极主动地去改正、去完善，让自己做的事情更完美。只有这样，我们的事业才能不断超越，才能不断攀上一个又一个高峰。

向自己的懦弱宣战

乔治·萧伯纳(George Bernard Shaw)是举世闻名的英国剧作家、评论家,是1925年的诺贝尔文学奖获得者。而且,他不但是一流的大作家,同时也是一流的雄辩家。

可是,谁也不会想到,就是这样一位巧舌如簧、能够舌战群儒的雄辩家,其实在之前曾经是一个内向自卑、胆小懦弱的年轻人。他不善于与人交往,甚至害怕与人交谈。有一次,萧伯纳准备去一个住在泰晤士河边的朋友家拜访,可是当他来到朋友家门口时,看到朋友家门紧闭,却没有勇气抬起手来敲门。

朋友在家吗?我贸然来访,他会不会讨厌我?会不会觉得我是有求于他才拜访他?如果见了他,我该说些什么?我该主动说话,主动提出话题,还是多听听他说什么?如果我说的话题或者我的观点,他不赞同,甚至直接反驳我,我该怎么办?如果话不投机,场面该是多么尴尬啊……

萧伯纳的脑海里就这么激烈地做着思想斗争,内心紧张极了。于是,他又离开了朋友的家门,走到泰晤士河边徘徊。

算了，还是回家吧。几次在内心中，萧伯纳都这样对自己说。可是，来都来了，又这样回去了，这算怎么回事呢？不行，如果我一直这么胆小懦弱，这辈子怎么可能会有任何成就？我不能这么成为一生碌碌无为的人！我一定要克服自己的胆小懦弱，让自己大胆地站在别人面前，让自己的观点和思想像绚丽的花朵一样，明明白白地在众人面前绽放！

于是，萧伯纳下定决心，重新来到朋友家门前，勇敢地敲响了朋友的家门。事实上，当天他和朋友聊得非常投机、非常开心，完全没有他自我想象出来的那些问题和尴尬。

那天，萧伯纳彻底认识到了人最大的敌人不是别人，而是自己，人只有战胜自己内心的胆小懦弱，才能使自己变得强大，才能做起事来风雨无阻、勇往直前。

从那以后，萧伯纳想方设法地锻炼自己与人交往的能力，千方百计地提升自己的胆量和勇气。他想到的克服内向、胆小的最好、最实在、最简单的方法，就是在众人面前演讲。于是，他积极地去参加各种辩论团体。经过几次的演讲之后，他明显地感觉到自己比以前沉稳、大方多了。可是，消除内心的胆小懦弱并没有立竿见影。有一次，他被要求担任下次辩论会的主讲人，这使得他的内心极为不安，到辩论当天，当他在会议记录簿上签名时，手甚至还抖个不停。他虽然为这次辩论准备了许多资料，但临场时却紧张得没有时间看这些资料。然而，就当他自己以为一切都搞砸的时候，他却奇怪地感到没有人发觉他的窘况，大家都在为他精彩的演说鼓掌喝彩。

萧伯纳逐渐变得越来越自信，更加积极主动地去参加各种辩论会、公开讨论会。凡是伦敦所举行的公开讨论会，他一定要去参加，并且一定会作发言。后来，在将近 12 年时间里，他每隔一晚上，就会到英格兰或苏格兰各地，或在街头，或在礼堂，或在教堂的演讲台上，大胆热烈地阐述自己的信念、自己的思想、自己的观点。在这个过程中，经常会有人故意刁难他，激烈地反驳他的言论。这时候，他会沉着冷静、毫不怯场，慷慨激昂地进行语言反击。他的演讲口才使他的名声越来越大，不断有人邀请他去演讲，而且每次的演讲会场都会听众爆满，会场外总是挤满了无法进场的人。

就这样，萧伯纳从一个胆小自卑的年轻人转变成了一流的雄辩家。

永远不要让胆小和自卑控制自己、左右自己，永远不要让胆小和自卑成为自己走向成功的绊脚石。我们要勇敢地向自己的懦弱宣战，勇敢地走出来面对大众，勇敢地说出自己的观点、自己的想法。一个人，只有首先战胜自己，才能最终战胜别人。

自己的能力最可靠

四个孩子丁丁、可可、明明、飞飞一起走在路上。

突然，乌云密布，眼看就要下大雨了。

四个孩子中，只有丁丁带了伞。望着满天的乌云，丁丁毫不在乎地撇了撇嘴："下雨就下雨呗，反正我带了伞，我才不怕呢。"

可可是个胆小懦弱的孩子，而且缺乏主见，一看到这样的天气情况，立刻慌了神，吓得一屁股坐在地上，号啕大哭，不知所措。

明明眼珠子一转，急忙拉住丁丁的衣袖，低声下气地说："丁丁，等会儿让我跟你一起打伞，可以吗？"

丁丁瞟了明明一眼，说："那怎么行？我的伞虽然很大，但增加一个人进来，雨水还是很容易打湿我的衣服的。"

见丁丁不愿意，明明急了，继续恳求着说："求求你，你就帮帮我吧。如果你不肯帮我，我该怎么办啊？我肯定会被淋成落汤鸡的！"

丁丁想了一下，说："你想跟我一起打伞，也不是不可以。不过你要答应我一个条件——将来什么事都必须听我的指挥。"

明明犹如抓住一根救命稻草，使劲地点了点头，说："以后你说什么我都听你的。”

丁丁、明明都望着飞飞，想看看他会怎么做。只见飞飞二话不说，撒腿就跑。

过了一会儿，大雨倾盆而下。

结果，可可坐在原地被淋成了落汤鸡；丁丁、明明有雨伞遮挡，除了被雨打湿了一点衣服，并无大碍，但明明一路上都小心翼翼地对待着丁丁，生怕丁丁一生气就不让自己遮雨；飞飞虽然在奔跑的途中，衣服被淋湿了许多，但他后来跑到一间房子的屋檐下，不再继续被雨淋，他无限舒畅地呼吸着空气。

在人生当中，“有伞的孩子”毕竟是极少数，大部分人都是“没伞的孩子”。那么，作为“没伞的孩子”，面对“倾盆大雨”，你的表现又是怎样的呢？是像可可一样手足无措、顾影自怜，是像明明一样放下自尊、攀龙附凤，还是像飞飞一样自强不息、努力奋斗？

人生总是会遭遇各种各样的挫折和磨难，无论你是多么不愿意，你都必须面对。

如果你一下子就被挫折和磨难吓倒，你这一生注定都是悲哀的，你很可能就因此悲观失望，在事业上永远无法勇敢地站立起来，永远无法取得成就；在生活中也都是整日以泪洗面，无法拥有幸福的生活。

如果你迷失自我，总希望通过攀附权贵来改变命运，那你的生活也注定是一种悲哀。因为你失去了自己的尊严，失去了自己的决断。你整天挖空心思地去讨好别人、去依附别人，每天都心惊胆战、担惊受怕，看着别人的脸色过日子。而且一旦大树倒下，自己也就一文不值，无处可归。

如果你选择自立自强、选择努力奋斗，用自己的能力和实力来改变命运，那么即使在这个过程中，你会不断地摔跟头、不断地受伤，但你始终拥有自己的自由、拥有自己的选择、拥有自己的决断。当你到达成功的彼岸时，那种美好的成就感、喜悦感是任何感觉都无法比拟的，因为这是你选的路，这是你拼搏出来的胜利果实。而且通过“不断奔跑”，你具备了别人没有具备的实力，具备了别人没有具备的毅力，具备了别人没有具备的自信，这些优点和优势将伴随着你的一生，使你无论任何时候都不惧怕挫折和失败，使你无论任何时候都能在跌倒中爬起来继续奔跑上路，使你这一生当中都拥有不断取得更大成功的可能。

因此，只有自己的实力才是一生中最可靠的东西。作为“没伞的孩子”，不要怨天尤人，不要犹豫徘徊，更不要消沉堕落；让我们尽快飞奔起来吧，用我们的努力去争取，用我们的坚毅去奋斗——前方有许多美丽的风景等着我们！

会奉献才值得信任

俞敏洪刚进北京大学就读的时候，由于普通话说得不好，英语更是说得一塌糊涂，结果分班的时候被分到了“语音语调及听力障碍班”。更令他郁闷的是，因为北京大学人才济济，周围的同学基本上都是精英人才，非常聪明，尽管自己几乎每天都比别的同学多学一两个小时，但是到了大学二年级结束的时候，他的成绩仍然排在班内最后几名。这个从农村走出来的孩子，家境不太好，语言表达能力差，考试成绩比较落后，没有女生喜爱，但他并没有因此灰心丧气、没有因此怨天尤人，而是始终以一种积极向上的心态，努力读书，奋起直追。

在大学生活中，俞敏洪始终做到乐于奉献。他每天都主动为宿舍打扫卫生，以至于他所在的宿舍从来没有排过卫生值日表。他还每天都主动拎着宿舍的水壶去给同学打水，把它当作一种体育锻炼。结果当他把帮大家打水做成了习惯以后，他的舍友也逐渐“习惯”了，以至于有时他忘了打水，舍友就“提醒”他：“俞敏洪，怎么还不去打水？”换作其他人，可能早就生气起来，要和同学理论一番，或者对同学进行一次“感恩教育”，可是他没有，而是一笑置之，拿起水壶就出门去了。在他看来，打水并不是一件多么吃亏的事，因为大家都是同学，互相帮助是理所当然的。

10年后，俞敏洪创办的北京新东方学校发展到了一定规模，这个曾经在同学们眼中最没出息的人，已经干出了自己的一片天地。这时候，俞敏洪希望找到理想的合作者，以便继续发展壮大新东方。他首先想到了他那些优秀的大学同学。于是，他跑到美国和加拿大去寻找他的那些同学。为了“诱惑”同学们回国，他带了一大把美元，每天在同学们面前非常大方地花钱，希望以这种方式告诉他的同学们，在中国也能赚钱，在中国的发展大有前景。

后来，他的那些同学同意回国了，但却给了他一个非常意外的理由：“俞敏洪，我们回去是冲着你过去为我们打了4年水。我们知道，你有这样一种精神——你有饭吃肯定不会给我们粥喝，所以我们一起回中国，和你共同干新东方。”

正是因为不断有优秀人才加盟进来，新东方才逐渐发展壮大起来，从最初的北京新东方学校发展成为在美国纽约交易所上市的新东方教育科技集团。作为新东方教育科技集团董事长的俞敏洪，他的名字先后入围《福布斯》世界富豪榜和胡润全球富豪榜。

如果你是一个拥有奉献精神的人，你将更容易赢得别人的信任与支持，从而使自己的事业越做越大。当你还处在创业之初的时候，你比他人更容易得到“贵人相助”，因为你身上体现出了一种高尚的品质，别人知道你这样的人不会忘恩，觉得帮助你是很值得的，或者说将来在某个合适的机会，你更有可能以某种合适的方式来回报他们。当你成为企业老板的时候，你更容易招揽到优秀的人才，更容易留住优秀的人才，因为大家知道，作为一个懂得奉献的人，就不会自私自利，不会独占财富，不会过河拆桥，在大家共同创造的财富中，你必定会以一定的方式，让做出贡献的员工得到应有的回报，让大家共享胜利果实。

然而，当今社会，很多人都缺乏这样一种奉献精神。他们喜欢占便宜，不愿吃一点亏，总是斤斤计较，总觉得别人亏欠自己，总觉得上天亏欠自己。如果别人不小心得罪了他们，他们往往心里记恨，甚至产生报复的念头。近年来，在一些学校甚至大学里，出现了因为觉得受到同学的侮辱，于是对同学不满、仇恨，从而伤害同学、杀害同学的极端事例。他们的大好年华就这样白白地葬送。面对这些悲剧，令人无比心痛，叹息不已。

如果他们懂得"退一步海阔天空，忍一时风平浪静"的道理，就不会如此冲动、如此偏激，以致将事态发展到不可挽回的地步；如果他们能够培养自己的奉献精神，能懂得"吃亏是福"的道理，他们的心思就不会放错地方，内心就不会过于敏感，更不会锱铢必较、睚眦必报。一个懂得奉献的人，他的朋友会越来越多，敌人会越来越少。

做一个拥有奉献精神的人，我们会赢得别人的信任，赢得别人的尊重，赢得别人的支持，我们的人生之路会越走越宽，事业会越做越辉煌。也只有这样，我们人与人之间才会更加友爱，生活才会更加幸福，这个社会才会更加和谐，我们的明天才会更加美好！

·做事要分清轻重缓急

很多人都会觉得自己很繁忙，每天都有很多事情要处理，时间总是不够用。于是，经常是做了这几件事，又忘记或者忽略另外几件事，每天都心神不宁、忐忑不安。

不过，许多人做事都没有分清楚轻重缓急，想起什么做什么，这样，很多时候就会导致捡了芝麻，丢了西瓜。正如法国哲学家布莱斯·巴斯卡所说："把什么放在第一位，是人们最难懂得的。"

有一个教授给学生们上时间管理方面的课时，问学生们："你们用餐时是习惯先喝汤还是先吃饭？"

学生们回答："当然是先喝汤。"

教授点了点头说："是的，那是你们时间充足的时候，但如果你们只有5分钟的吃饭时间，你们还会先喝汤吗？那当然不会，如果这样，你们连肚子都填不饱！这就是在有限的时间内，我们要学会先做完最重要、最紧急的事情。如果还有剩余时间，我们可以继续做其他事情。"

教授接着说："还是拿吃饭来讲，菜碟里有很多美味的菜肴，也有很多作料，比如大蒜、葱花、辣椒……你们会先吃什么？”

学生们回答：“当然是吃主菜了。”

教授说：“没错，我想没有谁会傻到先吃那些作料。但事实上，像菜肴里的作料那样，我们的工作和生活中那些杂七杂八的事情实在太多，很多人分不清哪些才是‘主菜’，哪些才是‘作料’，结果方寸大乱，一事无成。所以，我们必须学会判断，学会辨别，弄清楚哪些事情才是最重要的，然后先把最重要的事情处理好。”

美国第34任总统德怀特·戴维·艾森豪威尔（Dwight David Eisenhower）有一个非常著名的“十字时间计划”。艾森豪威尔喜欢在纸上画一个十字，分成四个象限，把自己要做的事情分别按照重要又紧急的、重要但不紧急的、不重要但紧急的、不重要也不紧急的四种类型分别放在四个象限内，然后按分类来先后推进。这样一来，他的工作和生活效率大大提高。

在四种类型的事情中，大家都知道应该先做重要又紧急的事情，最后做不重要也不紧急的事情；但很多人会在到底应该先做重要但不紧急的事情还是先做不重要但紧急的事情上感到困惑。事实上，大部分人都把主要精力和时间放在了做不重要但紧急的事情上，他们认为反正还有时间，那些重要但不紧急的事情以后还会有时间处理，但往往时间一拖，就把这些事情拖成了重要又紧急的了。

因此，做事要分清轻重缓急，首先做好最重要的事情，其次做好其他重要的事情，再处理那些不重要的事情。有的事情虽然很紧急，但如果并不重要，可以委托别人帮忙处理，或者即使不处理也不会造成什么损失。只要科学合理地安排好时间，把要处理的事情分清主次，有序推进，我们才不会又忙又乱、才不会无法着手、才不会把重要的事情搞砸。统筹安排好自己的时间，既是一门学问，也是事业走向成功的基础。

命运在自己手中

当康多莉扎·赖斯成为美国历史上第一位黑人国家安全事务助理时,《纽约时报》周刊声称:赖斯的青云直上,能让一代在“待在监狱会比在某个公司的董事会中任职更有前途”这种信仰下成长的美国年轻黑人明白,“黑色力量”意味着什么。4年后,当赖斯接替鲍威尔成为美国国务卿时,美国年轻黑人更是瞪大了眼睛。

1954年出生在亚拉巴马州伯明翰的赖斯,虽然有着优越的家庭环境,并且从小可以受到良好的教育,但由于自己的黑色皮肤,她从小对种族隔离制度就有着深切的体会,因为她所出生的那个地方,正是种族隔离制极其盛行的地方。

在种族隔离阴影的笼罩下,黑人在各个方面都深受歧视。小赖斯从小就感受到自己与白人小孩的不同,似乎无论自己走到哪儿,做什么都低人一等,这让她感到非常沮丧和疑惑。

为此,小赖斯曾不解地问父亲:“爸爸,为什么我们和白人享受的待遇不一样?为什么我们会生活在这么不平等的环境里?”

父亲抚摸着小赖斯的头,说:“黑人的孩子只有做得比白人孩子优秀两倍，他们才能平等；优秀3倍，才能超过对方。在伯明翰以外有更多的机会，如果你勤奋学习，力争上游，就会得到回报。你可能在餐馆里买不到一个汉堡包，但也有可能当上总统。”

既为了使小赖斯的心灵保持独立和自强，也为了表示对黑人隔离制度的不满和抗议，父亲宁愿他们回家上厕所也不让小赖斯使用种族隔离的公共设施，并且从不乘坐种族隔离的公共汽车。父亲用这种方式，使小赖斯深深地懂得：没有什么是上天注定的，一切不平等都可以被挑战，人的命运可以掌握在自己手里。

于是，赖斯从小就在心中播下了“奋斗”的种子，她决心要通过自己的努力来争取“公平”。为此，她在学习上非常用功，成绩出色，一年级和七年级都跳级了；15岁时就进入丹佛大学学习英国文学和美国政治学，19岁获得政治学学士学位；后来，她又获得了圣母大学政治学硕士学位；26岁时，她获得了丹佛大学国际关系博士学位，并被斯坦福大学聘为助理教授。她还多才多艺，精通四门语言；钢琴弹得很出色，曾经获得美国青少年钢琴大赛第一名；网球和花样滑冰玩得非常好——她从不因为自己是黑人，而失去对生活的热爱和对梦想的追求。

再后来，她步入政坛，并逐步成为美国政坛上一颗耀眼的明星。

处在不公平的环境里，不要自卑，更不要自暴自弃，只要我们比别人付出更多的努力，这种“不公平”反而会成为一笔可以促使我们走向成功的珍贵财富。

从挫折走向成功

那一天，她所在的食品公司贴出新告示。她压抑着自己内心的紧张，挤进人群中去观看。那是一张下岗人员名单。她最担心的事情终于发生了——她的名字赫然出现在榜中。这一年，她已经42岁。

下岗后，她也曾沮丧过，但生活仍然必须继续。于是，她筹集资金，开了一家小小的卤菜店，整个店面不过二三十平方米，员工也只有两三人。刚开业时，由于资金少、店面小、人员少，她既当经理又当员工，经常自己推着三轮车去进货，并亲自在店里销售熟食，什么脏活儿累活儿都做。

由于她的手艺好，做的卤菜口味很符合当地人嗜辣的习惯，因此在开张的近半年时间里，她店里的生意一直很不错。然而，她并不满足于这点小小的成就。那时，当地的卤菜店已有很多家，相互之间的竞争也十分激烈，光是她的店附近就有好几家卤菜店，这让她充满了忧患意识。

很快，她就有了自己的想法：自己的店只有推出独家的“拳头产品”，才能吸引更多的顾客，才能在竞争中取胜。于是，她远赴浙江、广东等地，四处登门学艺，虚心地向技术精湛的卤菜师傅和技术名家请教，请求他们传授配料秘方和烹调技法。

回来后,她做出了一个重要决定——把酱鸭作为店里的主打产品。为了做出味道独一无二的酱鸭,她进行了数百次实验。她在酱鸭里加入了30多种中药,并经过几十道工序,花掉约20个小时才能制作完毕。

酱鸭做出来后,她把1000多斤酱鸭切成小块,分放在十几个大脸盆中,然后来到闹市区和一些大街小巷,将酱鸭分送给过往行人,让他们免费品尝,并诚恳地请他们提意见。回到店里,她根据品尝者反馈的意见,继续改进酱鸭的口味。

通过不断地改进,她终于调制出了独具风味的酱鸭,并且在当地"一炮走红"。慕名来她店里购买酱鸭的人越来越多,生意好得连她自己都深感意外。当一些节假日来临时,来买酱鸭的顾客甚至将队排到了马路中间。同时,酱鸭的知名度带动了店里其他卤食的销售。

随后,为了扩大规模,她陆续在市里开设了几家分店。接着,她的烤卤熟食进入全省各地,然后又迅速走向全国各地。如今,在全国许多城市,她的卤菜和温州卤菜、潮州卤菜一样,占据了很大的市场份额。当年那家很不起眼的小卤菜店已经成为全国知名的大型企业集团,而她则坐上了集团董事局主席的"交椅"。

这家集团叫作"煌上煌集团",她的名字叫作徐桂芬。

市场商机数不胜数,"煌上煌"的故事告诉我们这样一个道理:即使是酱鸭这种看似不起眼的买卖,只要我们找准市场的切入点,将其做大、做强,也完全是可以成就一番大事业的。

同时也使我们知道:人生遇上挫折并不可怕,只要我们懂得寻找自身优势,发挥自己的特长,困难完全可以克服。

人生观决定人生

玛娜和康莉是一对好朋友，两人同在英国南部的一个小镇出生，小学、中学都在同一所学校同一个班级读书。在报考大学时，两人都选择了攻读医学，而且竟然又考上了同一所学校。

她们进入大学的第一天，维恩教授在教室里跟全班同学谈心交流。由于全班都是新生，大家都沉浸在刚进入大学读书的新奇和兴奋中。维恩教授与大家畅所欲言，相谈甚欢。

当得知玛娜和康莉居然是小学、中学同学时，维恩教授露出惊讶的表情，微笑着说：“哇，这是多么有趣、多么难得的事情！说说看，你们是互相约好一起学医的吗？”

玛娜急忙摆摆手：“这倒没有，我们没有互相约好。”

康莉也附和着说：“事实上是，我们都没有告诉对方自己的选择。当时我们都说，就让将来的日子来揭晓答案吧。”

维恩教授饶有兴趣地说：“这可真有意思！玛娜，那你说说看，你为什么要学医呢？”

玛娜毫不掩饰地说：“你知道，医生是个很体面的职业。我的爸爸、妈妈、姐姐，甚至我的叔叔、婶婶，整天都跟我说，女孩子做医生是个很不错的选择。所以，我选择了它！”

维恩教授沉默了一下，又转过头来问康莉：“那你呢，为什么想当医生？”

康莉咬了咬嘴唇，说：“我的真实想法是，我想救活更多的人。每当我在医院看到病人和家属绝望的表情，我的内心都感到十分痛苦。当前的医学对很多绝症都无能为力，这令人感到非常沮丧。我希望自己能对医学有所贡献。”

维恩教授听了，向康莉竖起了大拇指：“我看好你，将来你会是一个了不起的医生！”

20年后，白发苍苍的维恩教授在剑桥大学做演讲，回忆起了当时与那两位学生谈话的情景，他对剑桥大学的学子们说：“你们知道吗？那天与她俩的谈话一直萦绕在我的脑海里，使我印象深刻，无法忘怀。现在我跟我的这两位学生还保持着联络，但她们的生活却已经是那么的不同——玛娜在一家小医院里做医生，过着平淡的生活；而康莉则一年当中有大半时间是坐在飞机上，在全世界的上空飞来飞去，参加国际交流会议、为重要病人做手术、参与国际性的课题研究……这些事情让她应接不暇，但她乐此不疲，因为她的几项医学研究，为全世界数千万人延续了生命；她用自己的手术刀，挽救了数千人的生命……她一直所坚持的人生观，使她的人生充满了价值！”

一个人具有什么样的人生观，可以直接影响他的一生。活在别人的目光里，活在世俗的评论中，只会让自己平庸一生；选择自己所喜欢的，坚持自己所认定的，才会让自己活得与众不同，才会让自己的人生充满意义。

别为懒惰找借口

少年的父亲是著名书法家，他的书法独树一帜，影响颇广。父亲当然希望少年能够继承自己的书法特长，并且可以青出于蓝而胜于蓝，将自己的书法风格发扬光大。

刚开始，少年对学习书法表现出了较大的兴趣，但时间一长，他就开始懈怠了，整天想着出去玩。

父亲非常着急，把少年叫到跟前，不解地问："以前你对学习书法很感兴趣，也向我承诺一定会加倍努力，把书法学好、学精，可是现在为什么就不肯静下心来好好练习书法了呢？"

少年埋怨道："你给我买的毛笔一点都不精美，拿在手上感觉很不舒服，写起字来非常别扭。那些土得掉渣的毛笔，怎么可能写得出好的书法来？"

父亲说："我的书房里有各种各样的毛笔，你完全可以自己挑呀。"

少年鄙夷地说："那些毛笔都是古董了，怎么可能适合我？"

父亲听了，不再说什么，带着少年到毛笔制作现场，花上了一大笔钱，让毛笔制作师傅按照少年的要求，制作了一支材料名贵、工艺精美、充满时尚元素的毛笔。

少年兴冲冲地拿着这支新笔回家练习书法去了。开始两天，少年确实充满兴致，勤奋练习书法，并且自我感觉良好；可两天之后，少年对新笔的新鲜感就过去了，不愿再待在书房里，打算偷偷溜出去玩。

正当少年准备出门的时候，被父亲看到了。父亲问他为什么又不肯继续练习书法了。

少年摇了摇头说："这支新笔还是不够精美，不太顺手。"

父亲叹息一声，说："你就别再为自己的懒惰找借口了。如果你无心向学，就是再给你换多少支新笔，也是无济于事的。希望你能好好反省一下，多从自己身上找原因吧。"

一些人或碌碌无为，或沉沦堕落，总喜欢从客观条件上找原因，埋怨自己没有优越的家境，没有实力雄厚的父母，没有出生在大城市，没有贵人相助，没有遇到真正关心和爱自己的人……其实，这些都不是借口，都不是平庸、堕落的理由，真正的原因只有一个——那就是自己的思想和内心！

我知道自己是英雄

这天，切斯利·萨伦伯格像往常一样，打开飞机检测系统，确定一切正常后，准备按时起飞。

57岁的萨伦伯格是全美航空公司的飞机驾驶员，他从小就向往天空，渴望有朝一日能在蓝天中自由翱翔。后来机会终于来临，美国空军要招聘一批战斗机飞行员，萨伦伯格毅然报名，并被幸运录用。数年之后，凭着过硬的飞行技术，他转业到全美航空公司担任飞机驾驶员。现在，他已经拥有40年丰富的飞行经验，飞行时数达1.9万小时。

萨伦伯格一直深深地热爱着自己的飞行事业，一有时间，他就认真研究如何将飞机的性能发挥得最好，如何使自己的飞行技术达到炉火纯青。

这天的飞行似乎与往日没有什么不同，天气晴朗，飞机所有系统运行良好，一切按部就班地进行着。

然而，飞机刚起飞一分钟，一件意想不到的事情发生了——一群飞鸟突然迎面扑来。萨伦伯格大吃一惊，因为在飞机飞行时，最令人担心的就是“撞鸟”。虽然鸟类本身很轻，但撞击时很高的相对速度会对高速飞行的飞机造成极大损害，在多数情况下，鸟类撞击引擎可能使飞机瞬间丧失飞行能力。

萨伦伯格在心里暗暗叫道：这群鸟可千万不要撞上引擎。但令他最为担忧的事情终于还是发生了，这群鸟不但撞上了引擎，而且撞上了双引擎，两个引擎同时失去功能——要知道，这种可能性在飞机的飞行中是微乎其微的，仅为百万分之一。

此时，飞机面临着坠毁的危险！

萨伦伯格立刻紧急呼叫总部，汇报情况，然后向乘客们喊道："所有的乘客听着，飞机出现故障，请大家马上抱住头，护住胸，抱得越紧越好！"

飞机上如炸开了的锅一般，沸腾起来。大家的神经都绷得紧紧的，心里暗暗祈祷能一切平安。

飞机上 155 人的生命就操纵在自己手上，容不得有一丝一毫的闪失。萨伦伯格强迫自己冷静下来，把心思完全集中在对飞机的操控和对后果的判断上。

"但愿引擎能马上恢复功能，哪怕是一个引擎也好！"萨伦伯格自语道。

他下意识地往飞机的左侧瞟了一眼，猛然发现左边的引擎已经起火。情况更加危急！他对引擎恢复功能的侥幸希望瞬间破灭。如今，剩下的唯一选择就是让飞机尽快着陆，让所有乘客立刻逃生。

机身正在激烈地震动，飞机的发动机正在失灵，标度盘上的指针正在迅速下滑……

萨伦伯格抬头向外四处张望。他看到了一段飞机跑道，于是问空中交通管制员："这是哪个小机场？"

"这是新泽西州泰特伯勒，我们可以向南沿着哈得孙河飞行，然后再往北转，就能在那个机场降落了。”对方回答。

萨伦伯格看了一下飞机上的显示器，上面显示出的是15—20的升阻比。他果断地摇了摇头，说：“不行，我们的飞机最多只能直线滑翔15—20千米。”

“那怎么办？”

“我可以把飞机停到河里。”萨伦伯格说。

“不，你疯了吗，把飞机开到河里去？我们的飞机不是水上飞机，也不是可以在水上安全降落的滑翔机。你这样做，我们都会没命的！”空中交通管制员焦急地喊道。

萨伦伯格沉着而坚定地说：“你们相信我，我能做得到！没有时间跟你争论了，快做好准备！”然后，他对着乘客们喊道，“大家抓牢，我们的飞机要降落了！请放心，你们所有人都不会有事的，我向上帝保证！”

萨伦伯格紧抿嘴唇，双眼直视前方，果断地操作电子控制装置。

在他的有效操控下，飞机以最低速度接近水面，接着以机身后部首先接触水面，使飞机在最小的冲击力中缓缓降落，然后漂浮在水面上。

这一切，发生在几秒钟内，但它的惊心动魄却令所有乘客感到是一个漫长的世纪。

几分钟后，救援队伍迅速赶到。飞机上的155名乘客和机组人员全部生还。萨伦伯格创造了奇迹！

萨伦伯格是最后一个离开机舱的人。等大家都走完后，他在机舱内又认真地来回巡视了两遍，确定机舱里已经没有任何人了，他才撤离。

所有的事都处理完毕后，萨伦伯格终于松了口气，他戴上帽子，来到渡轮码头大厅，点了一杯咖啡，若无其事地喝了起来。

萨伦伯格的出色表现赢得了全美国的极高赞誉，人们尊称他为“哈得孙英雄”。纽约市市长赠予他一把市钥，以示褒奖。

“在那种生死关头，作为飞机的驾驶员，您首先想到的是什么？是否会想到您美丽的妻子和可爱的女儿？”有人问萨伦伯格。

萨伦伯格摇了摇头，微笑着说：“不，我没有想到要与她们生死离别。我一直都知道我是英雄，是一个追求完美飞行的英雄，我相信自己一定能行。在这次飞机故障中，我首先不是去抱怨上帝让百万分之一概率的倒霉事发生在我身上，而是认为作为英雄来表现自我、拯救人们的时刻终于来临了，我可不想错过这个机会！”

关键时刻显身手，既要拥有过硬的本领，还要有充足的自信，并且要能够一直为关键时刻的到来准备着。

第三辑

天空的翅膀

看到别人获得成功，我们都会羡慕，都会向往。我们每个人都渴望获得成功，很多人都执着地追求成功。可是，我们往往只看到光环在别人身上笼罩，而自己却总是与成功无缘。是我们命该如此吗？不！我们只是忽视了一些走向成功的要素，我们只是走了很多不必要的弯路。成功的途径有千万种，正所谓“三百六十行，行行出状元”，但我们必须首先使自己拥有走向成功的必备素质。

不要一直踩别人的脚印

猴王得知人类中有个叫牛顿的人因为在树下被苹果砸中而发现了牛顿定律，它心想：人聪明，我们猴子也不笨，他们能发现牛顿定律，我们一定也能发现出什么定律来。

于是猴王召来一只大家公认的最聪明的年轻猴子，对它说："听说人类中有个叫牛顿的人，因为树上的苹果掉在他身上，使他来了灵感，从而发现了牛顿定律。现在我打算派你去东南方向的那棵苹果树下，每天静坐等待苹果掉下来，然后也给我们猴类争争光，发现出个定律来。名字我都想好了，就叫'猴子定律'吧。"

年轻猴子领命而去。它整天坐在苹果树下等待。很多时候它根本坐不住，但又不敢违抗命令擅自离去，就只好在树下翻筋斗解闷。

这只年轻的猴子度日如年。终于有一天，树上掉下了一个苹果，砸在年轻猴子的身上。

年轻猴子看着诱人的大苹果，想都没想，就大口大口地把苹果吃了个精光。

苹果吃完后，年轻猴子开始犯愁了，因为它还是想不出任何“定律”来。

年轻猴子不敢回去，继续等待苹果掉下来。每次苹果掉下来时，它都忍不住吃个精光。

当吃完最后一个苹果后，年轻猴子终于想出“猴子定律”来了……

年轻猴子回到猴王身边，向猴王禀报道：“大王，本猴不辱使命，发现‘猴子定律’了。”

猴王大喜：“赶快说来听听。”

年轻猴子说：“我发现，如果苹果熟了，但没人去摘，就迟早会掉到地上来。”

猴王高兴地说：“看来我们猴子并不比人笨嘛。接下来，我们要把‘猴子定律’在动物界里广泛宣传，让所有动物都知道——我们猴子是非常聪明的！”

这样的“猴子定律”一旦宣扬出来，结果必然是贻笑大方。

一些人总喜欢跟在别人后面走，自己缺乏独立的分析能力、缺乏良好的判断能力、缺乏创新意识，看到别人通过这种方式成功了，他们就去模仿这种方式；看到别人又通过另一种方式成功了，他们马上又去模仿另一种方式。结果模仿来模仿去，自己总是无法获得成功。

我看到很多这样的农民，他们今年看到别人种西红柿赚了钱，第二年马上也跟风，大种西红柿，结果第二年市场供过于求，西红柿价格大跌，跟风的农民不但赚不到钱，还亏了本；接着他们看到别人种西瓜赚了钱，他们马上又跟风去改种西瓜，结果等到西瓜收成的时候，西瓜的售价又大跌，他们继续亏钱；可是，他们往往不知道自己错在哪里，看到别人养猪赚了钱，又会紧接着跟风去养猪，结果猪肉的价格又跌下去，他们还是亏钱……始终跟在别人后面走，就只能看见别人成功的背影，自己什么也捡不到。

商业上也是如此，很多商家都缺乏创新意识，总喜欢去模仿知名的产品，让人看得直摇头叹息。肯德基、麦当劳在中国卖得很成功，结果我们到一些县城里面，就会发现一大堆类似“肯麦基”“麦德基”“美味基”等“山寨店”。中国的许多产品也正是因为过于喜欢模仿别人，结果创新能力不足，市场竞争能力低下，很快就被市场淘汰出局。

我想起看过的一个漫画作品，讽刺的是排队时想快点轮到自己的人：一个人去银行取钱，他一看几个窗口的队伍差不多长，于是就选择了在其中一支队伍排队。排着排着，他看到另一支队伍很快就比他排的队伍少了一个人，他马上改去排另一支队伍；过了一会儿，他发现又有一支队伍更快，又马上转过去排这支队伍；排着这支队伍，可是他发现这支队伍突然慢了下来，因为有一个人在柜台办的手续非常复杂；他又东张西望，换另一支队伍……就这样，朝三暮四，结果他换了无数次，发现轮到自己的时候，银行已经停止营业，下班了。如果这个人能够少一些浮躁，安安心心地排一支队伍，他就早可以办好自己的事情了。可是他没有，他总想走“捷径”，结果反而更慢了。

每个人的成功之路不一样，别人成功的方式方法值得我们借鉴，但不要总想着去复制别人的成功，这样反而难以成功。每个人应该拥有自己的判断力和独特的思考能力，拥有创新意识和创新精神，培养自己的创新能力，尽量去走一条与众不同的人生道路。这个世界始终是“物以稀为贵”的，拥有自己独特的想法和方法，你就很可能走出自己独特的成功之路。

不要总踩着别人的脚印走，结合自身的实际，找到一条适合自己的道路，勇敢地去开创、勇敢地去拼搏，你一定可以获得一片与众不同的天空。

成败没有固定模式

有个小伙子向一位成功商人请教经商之道。

商人说,我给你讲个打井的故事吧。

在一个村庄里,村民祖祖辈辈都到10里外的河里挑水喝。到了这一代,有个年轻人叫阿旺,他觉得到这么远的地方去挑水太辛苦,便下定决心要在村里打一口井。村民见他到处找地方,选中地方后又这么辛苦地去打井,都笑话他,说这里根本就没有水源,不然祖辈们早就打井了。可阿旺不为所动,继续打井。功夫不负有心人,辛苦了很长一段时间,还真让阿旺打出了井水来,从此阿旺可以轻轻松松地就近用水了。

小伙子恍然大悟,原来经商最重要的是要有胆识,一旦下定决心就要勇于坚持。

商人说,故事还在继续。

村民见阿旺在村里打出了井水,纷纷在阿旺的井的周围打井。不久,全村的人都打了井,大家都在村里用上了井水。但过了不久,大家发现所有的井都枯竭了。村民又不得不重新到10里外的河里挑水了。

小伙子点头说,看来经商不应该有从众心理,要避免恶性竞争。

商人说，阿旺看到村民都到这地方打井，已经意识到井水要枯竭，于是在稍远一点的地方另打了一口井。当村民没有井水喝的时候，阿旺虽然要比原来稍走远一点，但还是能喝上井水，比村民去10里外挑水方便很多。村民有了上次的教训，不再去阿旺的井边打井，认为即使再打井也是要枯竭的，何必白费力气。

小伙子思忖了一下，说，看来经商还得有危机意识和超前眼光。

商人说，故事还有另外几个版本。

阿旺决心在村里打井，村民都笑话他，说这里根本就没有水源，不然祖辈们早就打井了。可阿旺不为所动，继续打井。阿旺打了好几年的井，发现村里确实没有水源，自己白费了几年工夫，最终还得老老实实地跟着其他村民去10里外挑水。

或者，阿旺确实在村里打出了井水，村民跟着在他的井的旁边打井。阿旺认为这里的井要枯竭，另找了一处稍远的地方打井。可后来事实证明，所有村民的井都不会枯竭，因为地下的水足够整个村的人用。阿旺的另一口井白打了。

或者，所有村民打出来的井确实都枯竭了，但当阿旺去另外的地方打井后，其他村民接着跟进，又在阿旺的井边打井。于是，所有井水又枯竭。阿旺再去找地方打井，村民再跟进，所有井水再次枯竭。不断出现恶性循环……

小伙子彻底蒙了，疑惑地说，这不是跟前面的道理相悖了吗？那经商最重要的究竟是什么呢？

商人微微一笑，反问道，你说呢？

其实，成功有很多途径，失败也有很多类型，任何时候我们都不能以一成不变的眼光去看待事物，也不能用同一方法去应对问题，因为我们面对的情况是多种多样的，面对的事物总是不断发展变化的，一切都要视实际情况来决定。情况不同，方式方法也应该随之改变。否则，成功的方法也可能转变为失败的方法。当然，如果运用得好，失败的方法也有可能转化为成功的方法。

一个人的成功，需要拥有独到的眼光，需要拥有正确的判断，需要拥有明智的选择，还需要拥有果断的行动和坚持不懈的精神。不过，如果从一开始就判断失误，选择出错，那么之后的行动也就容易往失败的方向进行了。因此，做一项重要的决定之前，必须全面掌握第一手资料，深入了解有关情况，认真分析各种问题，积极作出利弊判断，然后才能最终做出决定。如果做什么事情都不加思考、不加分析，匆匆决定、匆匆上马，那么就很可能走到错误的方向上来，甚至南辕北辙，永远也无法到达成功的彼岸。

别人的成败经验，可以拓宽我们的视野，丰富我们的知识，开阔我们的思路，深化我们的分析，引导我们的判断，但是我们不能把别人的成败原因简单看待并且固化，认为他们成功的方法就必定值得模仿，他们失败的方法就必须摒弃。有的时候情况转化了，他们原来成功的方法也会导致失败；那些本来失败的方法有时也会管用起来。我们可以借鉴别人成功的方法，但决不能任何时候都拿出来照搬照抄；我们可以吸取别人失败的教训，但决不能从此就“一朝被蛇咬，十年怕井绳”，我们可以结合实际，抓住时机，继续大胆地尝试，因为失败是成功之母，很多时候也会转化为成功。

成功属于有眼光的人，成功属于有魄力的人，成功属于敢想敢做的人。如果故事中的阿旺什么也不敢想，什么也不敢做，那么注定他这一辈子也会跟其他村民一样，老老实实地到10里外的河里挑水喝，一辈子不做出任何改变；可是，一旦他有了自己的想法，有了自己的行动，他就拥有了改变这一切的可能，虽然有可能失败，但也有可能成功。在我们的人生中也是这样，首先你要敢于拥有自己的想法，拥有去大胆尝试的勇气，并且付诸实际行动，那么你才拥有可以改变命运的机会，当然这也会有成功和失败的两种可能。但只要学会对问题进行理性分析、进行正确判断、进行聪明抉择，你就会逐渐走上成功之路。

丰富的经验来自丰富的实践，出众的能力来自现实的磨炼。虽然成败没有固定模式，但只要你肯用心、用力，你就会在实战场中逐渐拥有独特的眼光和正确的判断力，你就会慢慢拥有发现问题、解决问题的能力，你就会慢慢掌握许多成功的方法和技巧。成功的方法千万种，成功的途径千万条，只要我们培养智慧，努力拼搏，我们就一定可以不断迈上成功的阶梯。

成才不必急于一时

有一棵树，成长得很快，它一直梦想着尽快成为有用之材，于是它对主人说："主人，请你把我砍伐下来，让我尽早成材吧。"

可是主人摇了摇头："你应该继续生长。"

又过了一些日子，它对主人说："主人，我已经长大了，请让我早日成材吧。"

可是主人仍然摇了摇头："你应该继续生长。"

看着跟自己同龄的树一棵棵被砍伐运了出去，这棵树急了，对主人发脾气说："为什么你还不让我成材？你太偏心了！"

主人无奈，只好将它砍伐了。这棵树成了普通房屋的一根梁。

一日，一位老者走进屋里，抬头猛然见到这根梁，不由捋须叹息道："这本来是一棵多好的树啊，怎么这么小就被砍伐了？真可惜！如果让它继续生长，将来一定可以成为皇宫里的顶梁柱，可现在却只能做普通的木梁了。"

"出名要趁早"这句话激励了许多年轻人百般努力，但也导致一些年轻人浮躁不安，他们急于表现自己、急于脱颖而出，为此不惜放弃可以继续深造的机会，放弃可以提升自我的机会，使本来拥有的巨大潜力和良好机遇被白白浪费掉。结果，出去闯荡之后才发现自己才疏学浅，各项条件不足，四处碰壁，最后往往是得不偿失、追悔莫及。

我们知道，毛竹是世界上生长最快的植物，它从出笋到竹子长成，仅仅需要两个月左右的时间，高度却可达到20米，相当于六七层楼的高度。毛竹在生长高峰时，一晚上就可以长高1米。

我们在惊叹毛竹的生长速度时，是否想过是什么原因促使它们能够脱颖而出呢？其实，毛竹在它一生中的最初5年里，你几乎观察不到它的任何生长，即使生存环境非常好也同样如此。但是只要5年一过，它就会像被施了魔法一样，每天都急速生长，并且在短短几个星期内长得非常高。

那么，5年时间里，默默无闻的毛竹在做什么呢？它们是在虚度光阴吗？它们是在自甘堕落吗？它们是在不思进取吗？不！这5年时间里，毛竹也在生长，但它们是以一种我们看不见的方式在生长。它们的生长是隐藏在土壤下面的生长，它们用5年时间深深地扎根到大地之中，默默地吸收大地的养分，将根系盘错到几百平方米，使自己拥有了强大的吸收能力。5年后的急速生长，正是因为它们已经打牢了基础，那些发达的根系为竹子供给了巨大的能量，从而使竹子创造了生长速度上的神话。

可是，又有多少人能像毛竹一样熬得过那些寂寞的岁月呢？很多人都像故事中那棵急于成材的树一样，恨不得马上将自己展现给世人，马上取得非凡的成就，马上赢得别人的鲜花和掌声，尤其当看到别人陆续有所收获时，自己就坐不住了、沉不住气了，希望马上可以和别人一样有所收获。

但是,我们必须明白这么一个道理:没有明确的目标,没有坚定的意志,没有持久的毅力,没有耐得住寂寞、受得了冷落、守得住梦想的精神,就不可能有将来的大作为、大突破、大超越。

一个人如果缺乏长远的目光,缺乏长远的打算,只顾眼前的利益,只看当前的得失,就注定一辈子难做大事、难当大任、难成大器。因为一旦看到别人有点小收获,自己就忍不住心动,忍不住羡慕、嫉妒,忍不住想冲上前去也获取一些利益、获得一些荣誉。当他们被眼前的蝇头小利迷晕的时候,就会忘记自己的远大目标,就会忘记自己的长远追求,就会迷失自己的梦想,就会停下自己奋斗的脚步。

根基不牢,地动山摇。没有深厚、稳固的根基,就会缺乏不断奋斗的底气、勇气,就会缺乏实现更高目标的实力、动力,即使一时走上高台,也会站不稳脚跟,也会“高处不胜寒”,没有持续发展的能力,无法获得快速发展的机会。因此,我们必须丢掉一夜成名、一夜暴富的幻想,切忌心浮气躁,切忌与人攀比一时的得失,切忌只顾当前不顾长远。在为自己的远大目标努力奋斗期间,一定要能忍、能守,忍得住诱惑,守得住梦想。要定得下心来,坐得住冷板凳,埋头学习,埋头苦干,默默地打牢根基,默默地提升自己,为向上猛然的跳跃积蓄力量。

成才急于一时,注定最后会失败或者只能赢得昙花一现的暂时“风光”;放眼长远,默默地强化自己、武装自己,终有一天,你将会获得令他人惊叹不已的巨大成功。

成功需要想象力

卢嘉锡是中国著名的化学家，曾历任厦门大学理学院院长、厦门大学副校长、中国科学院院长等职务，后来还先后当选第七届全国政治协商会议副主席、中国农工民主党第十届中央主席，第八届全国人民代表大会常务委员会副委员长。

卢嘉锡在国际科学界享有崇高的威望，获得过一系列国际荣誉和学衔：1984 年被选为欧洲文理学院外域院士；1985 年当选为第三世界科学院院士和该院理事会理事；1987 年荣获比利时皇家科学院外籍院士称号；同年接受英国伦敦市立大学授予的理学名誉博士学位；1988 年10月被任命为第三世界科学院副院长，是担任这一职务的第一位中国科学家。

从事科学事业，严谨的态度和一丝不苟的精神非常重要，但想象力也同样重要。

卢嘉锡自幼禀赋甚高，13 岁时就考入厦门大学预科，15 岁时进入厦门大学化学系学习，毕业后留校任教，后来又考取中英庚款公费，进伦敦大学学习，并在著名化学家萨格登（Sugden）指导下从事人工放射性研究，两年后通过答辩，获伦敦大学物理化学专业博士学位；接着，他到美国加州理工学院，跟随后来两度独得诺贝尔奖（1954 年的化学奖和 1963 年的和平奖）的莱纳斯·卡尔·鲍林（Linus Carl Pauling）从事结构化学研究，又在鲍林教授的挽留下继续工作了 5 年多。

跟随鲍林教授学习和工作期间，探索物质和微观结构奥秘，无疑是卢嘉锡最感兴趣的问题。当时结构化学是一门在分子、原子层面上研究物质的微观结构及其与宏观性之间相互关系的新兴学科，不过当时的研究手段还处于初级阶段，科学家们通常需要花费很大力气才能弄清楚某一物质的分子结构。在跟随鲍林教授期间，令卢嘉锡感到非常惊奇的是，这位导师具有独特的化学直观能力：只要给出某种物质的化学式，鲍林教授往往就能大体上想象出这种物质的分子构型。导师到底是用什么思维方法做到这一点的呢？他那非凡想象力的根基与奥秘在哪里？我能不能学到他的这项本领呢？卢嘉锡深深地思考着这个问题。

后来，卢嘉锡终于明白了鲍林教授这种独特的直观能力，是善于把握事物本质的能力与毛估性判断的结果。这一发现引发了卢嘉锡重视毛估方法的训练和提高。在鲍林教授的指导下进行了一系列研究工作之后，卢嘉锡深深地领悟到，具有定性意义的毛估方法对于从事科学研究是很重要的；虽然科学技术上的发现与发明往往需要经过“定量”过程，即通过大量精确的实验和计算之后才能完成；但在立题研究的初期，如果研究者特别是学术带头人能够定性地提出比较合理的“目标模型”（通常表现为某种科学假说或设想），对于正确把握研究方向，避免走弯路甚至南辕北辙是很有意义、很有价值的。

回国以后，卢嘉锡凭借着自己的毛估方法在化学事业中带领自己的团队进行了目标明确、工作高效的各项研究,他所进行的许多结构模型的“毛估”,最终证明都是比较科学的。

1973年,国际学术界对固氮酶“活性中心”结构问题的研究还处于朦胧状态,当时的科学积累距离解开固氮酶晶体结构之谜还有相当一段路程。然而正是这个时候,卢嘉锡在组织开展一系列实验研究的基础上,就提出了固氮酶活性中心的“原子簇”模型,也就是人们所说的“福州模型”。它的样子像网兜,因而又称之为“网兜模型”(后来又发展出“孪合双网兜”模型)。4年以后,国外才陆续提出“原子簇”的模型。到了1992年,实际的固氮酶基本结构终于由美国人测定出来,结果显示,19年前卢嘉锡提出的模型在“网兜”状结构方面基本上近似地反映了固氮酶活性中心所具有的重要本质。卢嘉锡的毛估本领不能不让人由衷叹服!

为此,卢嘉锡对青年一代科学工作者寄语:“当你捕捉到一个有价值的研究课题却在工作开展后把握不住方向时,当你在探索真理的汪洋大海中感到茫然不知所措时,当你下狠心攻克某个科学难关而又难以攻下时,请回头探讨一下你的‘目标模型’,问问自己是否已经建立起一个相当合理的模型。”卢嘉锡经常对别人说的一句老话是:“毛估比不估好!”

其实,不管是科学研究,还是其他各项事业,如果想获得重大的成功,就必须拥有非凡的想象力。想象力就好比雄鹰的翅膀,只有努力地把它打开,你才能飞上美丽的天空。当然,成功需要丰富的想象力,但并不意味着凭空想象,并不意味着不着边际地乱想、瞎想,这些想象应该建立在扎实的理论基础和科学的判断方法上,从而确定一个正确的目标方向,对最终的结果形成预测。

人们常说，没有做不到，只有想不到。长期以来，很多人的想象力都被禁锢在一些条条框框中，他们思想陈旧，思维封闭，人云亦云，照本宣科，不敢多想，不愿创新，以致在什么事情上都没有突破。他们动不动就借口要以事实为依据，要相信眼前的现实，从而扼杀自己的想象力，也想以此来阻止别人的想象力。

拥有丰富的想象力不代表就能成功，而且很多想象确实最终都无法实现或者是错误的；但是，假如没有想象力，那就永远不可能成功。

因此，永远都不要扼杀自己的想象力，永远都不要忽视自己的想象力。积极地培养自己的想象力，打开想象的翅膀，才能为自己赢得一片天空，才能使自己的生活和事业与众不同。

将叛逆情绪用在正途上

很多青少年都会有叛逆情绪和行为，家长和老师们往往为此忧心忡忡，担心他们“学坏”。事实上，适度的叛逆并不是坏事，相反，这种叛逆有可能成为促进他们将来走向成功的重要因素。

瑞典斯德哥尔摩大学（Stockholm University）研究人员发布的一项研究认为，青少年适度的叛逆行为是一项未来创业精神的积极指标。这项研究使用了20世纪40年代中期瑞典所有的小学生群体的数据。研究人员通过对他们学生时代的性格和行为及长大后的人生成就进行对比，得出了这一结论。

其实，哈佛大学商学院的亚伯拉罕·泽雷尼克教授早就曾经指出：“我认为如果我们想要了解企业家，我们就该看看‘不良少年’。”一些人在青少年时期表现出非常叛逆和桀骜不驯，然而只要这种行为得到适度的控制，他们不但不会成为臭名昭著的罪犯，更有可能在人生中创造非凡的业绩。这些人把打破陈规的倾向用到了更有建设性的地方，而不是逃课这种行为。当他们踏进社会之后，在创业的过程中，他们大多倾向于采取以某种方式颠覆现状的冒险行为——而这恰恰是创业所必需的重要精神。这时候，他们通过创造就业机会，造福了社会，成了有益于社会的人。

还有很多家长和老师们担心，有叛逆情绪和行为的青少年将来在品德上更容易败坏、在生活上更容易堕落。事实上，也并不是这样。据英国《每日邮报》刊登的研究表明，小孩爱顶嘴、有一些对立情绪和行为未必是坏事。相反，经常跟父母顶嘴的小孩与温顺听话的小孩比起来，更不容易出现不良行为。美国弗吉尼亚大学的心理学研究人员研究了150名13岁孩子同母亲讨论问题时的情形，把他们分成“固执己见”和“言听计从”两组。3年后，研究人员发现，在面对朋友的不良诱惑时，“坚持己见”的人比“言听计从”的人更加能果断地予以拒绝。专家表示：“家庭是训练孩子跟他人打交道的地方。孩子拥有‘争论能力’，就不容易染上不良习性。尽管顶嘴会让家长不高兴，但在家庭内部培养出的交际能力，树立孩子对自己意见的自信；同时在这个过程中，会增强孩子的辨识能力，从而在将来做出更有利于保护自己、发展自己的决定。”

从小有叛逆情绪和行为，而后来不但品质没有变坏，而且取得了事业上巨大成功的人，有一个很好的例子，就是创办微软公司、连续13年蝉联世界首富的比尔·盖茨。11岁时，盖茨经常会向父母抛出一堆千奇百怪的问题，故意为难他们、顶撞他们。在行为上，为了摆脱母亲的“控制”，他也故意与母亲的要求对着干。母亲让他把房间打扫干净，他偏要把房间弄得乱七八糟；母亲让他准时吃饭，他偏偏迟迟不肯到餐厅来；母亲让他别咬铅笔头，他偏要把铅笔头咬断一根又一根……为此，他们母子之间时常发生激烈的争执。盖茨的行为表现给他的母亲造成了极大的困扰，也让他的母亲感到无比失望。12岁那年，母子矛盾达到了高潮，盖茨在餐桌上对着母亲粗鲁地大喊大叫，言辞中充满讥讽和孩子气的自以为是。一向非常冷静、经常做母子俩矛盾调停者的老盖茨终于愤怒了，他拿起桌面上的一杯凉水，狠狠地泼到儿子脸上。小盖茨一时间惊呆了，停止了喊叫声，好一会儿才回过神来，然后对父亲说："谢谢淋浴。"

然而，比尔·盖茨的品质和人生并没有朝着坏的方向发展，他把自己的叛逆体现在了对自己人生的规划上，他发现了自己在软件方面的兴趣，并且在13岁时开始做计算机编程。他告诉别人自己要在30岁的时候成为百万富翁。而事实上，在他31岁的时候已经成了亿万富翁。

适度的叛逆会让你的人生变得更精彩，但是这种叛逆并不能任其发展，一定要懂得控制，至少要控制在尊重法律法规的范围内。就像开车一样，决不能让车偏离轨道、失去控制，否则就会造成车毁人伤甚至车毁人亡的悲剧。然后，要积极地把这种叛逆精神和行为用在正途上，用在寻找自己独特的人生之路、创造非凡的事业成就上来。

先有尊重才能友好

在森林里，喜鹊、黄鹂、燕子是好邻居，它们一直相处得非常融洽。

这天，一只乌鸦飞过来。喜鹊、黄鹂和燕子都友好地跟乌鸦打招呼。

“你们真热情，相信以后我们会相处得很愉快。你们肯定不会像我以前那些可恶的邻居一样，处处跟我作对了！”乌鸦说完，随便衔起几根树枝就开始垒窝。

“您是在搬家吗？”喜鹊好奇地问。

“是的，从此以后，我们就是好邻居了！”乌鸦回答。

第二天，喜鹊从外面飞回来，开心地叫着：“好消息！森林里要举行百鸟歌唱大赛了，大家快踊跃报名吧。”

“这是什么好消息？一群无聊的鸟整天计划这些无聊的事，污染我的耳朵！”乌鸦冷哼一声，阴阳怪气地说。

不过，喜鹊、黄鹂和燕子都准备报名参赛，它们都非常努力地练习唱歌。可是，每当它们唱歌的时候，乌鸦都会用更大的嗓音叫喊起来：“呱！呱呱！呱呱呱……”企图用更大的声音压过它们。

黄鹂生气地问：“乌鸦，你这是在干什么？”

乌鸦得意地说："我也在练习唱歌啊。"

喜鹊、黄鹂和燕子很无奈，只好飞到更远的地方去练习唱歌。可是，乌鸦仍然不肯罢休，经常跟其他鸟儿说三道四："你们知道吗？我那三个可笑的邻居——喜鹊、黄鹂和燕子，整天练习唱歌，就它们那嗓音，难听死了。"

久而久之，几乎所有的鸟儿一看到它就想赶它走。于是，乌鸦决定继续搬家。

一只百灵鸟见了，对乌鸦说："你才搬来不久，为什么这么快又要搬走呢？"

乌鸦抱怨道："这里的鸟儿没有一个好东西，它们总是排斥我，千方百计地为难我。既然我惹不起它们，还躲不起吗？"

百灵鸟说："但你认为搬家就能解决问题吗？"

乌鸦说："当然，我就不信各个地方的鸟儿都像它们一样。"

百灵鸟说："其实你应该从自己身上找找原因呀，友好都是相互的，你对别人友好，别人也就会对你友好。你应该寻找跟其他鸟儿好好相处的方式方法。"

现实生活中，一些人不招人喜欢，不被他人所容，他们感到非常难受的同时，往往就会将原因归结于别人的心胸狭窄、别人的自以为是、别人的难以相处……为此，他们气愤不已，或者"不甘受辱"，与别人针锋相对，争得你死我活，结果矛盾更加激化、更加不能被别人所容忍；或者独生闷气，消极逃避，不断地换单位、换部门、换环境，可是到最后他们往往会发现，无论到什么地方，似乎总有些人跟自己过不去，总有些人看不惯自己，自己也看不惯他们。

一些人说，我又不是人民币，没有必要要求人人都喜欢我。确实，无论是谁,都不可能得到所有人的喜欢,当然也没有必要去讨所有人的喜欢。一两个人不喜欢你,也许是那一两个人自己的问题;一部分人不喜欢你,也可以是那一部分人自己的问题;可是如果大部分人都不喜欢你,那么基本上就是你自己有问题了。每个人都有自己的缺点,这是不可否认的。有的人能容得了你的缺点,但有的人容不下你的缺点,还有的人会把你的优点也当作缺点来看,并且无法容忍,这是我们无法左右的。但如果你的缺点被大部分人容忍不下,那么,这个缺点就不再是一般的小缺点,而是要求我们必须立刻正视、严肃对待的缺点了。因为这个缺点已经严重影响到了你的形象,严重影响到了别人对你的评价,严重影响到了你的社会交际,严重影响到了你的自身发展。如果不改正,最终吃亏的必然是你自己。

然而,与别人相处,被别人非议、被别人排挤,能够主动从自己身上找原因的人并不多。大部分人都会觉得是别人的问题、是社会的问题,动辄说人心太复杂、他人太世俗,动辄说社会风气太坏、社会价值观太扭曲,于是更加"愤世嫉俗"、更加怨天尤人,结果也就更加与别人格格不入,使自己更加孤立、更加郁闷。

与人相处,就像照镜子一般,你对着镜子笑,镜子里的人也就会对着你笑;你对着镜子凶,镜子里的人也就会对着你凶。如果你总是心怀嫉妒,总是对别人说三道四,总是对别人讥讽挖苦,或者总是说一些影响团结的话,去做一些影响和谐的事,那么时间一久,大家看清楚了你的为人,自然就会疏远你,甚至反击你、报复你。反之,如果你始终都尊重自己身边的每一个人,始终都真诚友好地对待别人,那么,别人也必将对你保持尊重,对你真诚友好。你的微笑和友善将会感染你身边的人,甚至会感染你的对手,感染那些本来对你印象不好的人,使你收获到更多友善的回报。

你爱别人,所以别人爱你。

没有永远的失败

肯德基(Kentucky Fried Chicken)作为美国跨国连锁餐厅,以美味可口的炸鸡等快餐食品受到人们的欢迎和喜爱,当前门店已经遍布全球,是世界第二大速食及最大炸鸡连锁企业。肯德基的发展如此辉煌,但谁又能想到以前它曾经历了多么艰难的过程——它的创始人哈兰德·桑德斯上校在推销自己的炸鸡秘方时,曾经被拒绝了1009次。

哈兰德·桑德斯出生于美国印第安纳州亨利维尔附近的一个农庄。在他6岁那年,父亲去世,留下母亲和3个孩子艰难度日。为了生活,母亲在外面接了很多活来做,白天得去食品厂削土豆,晚上继续给人家缝衣服,没有时间照料幼小的孩子。桑德斯作为家里的老大,不但要承担照顾弟妹、为母亲分忧的重任,还要自己动手做饭。不过,做饭这项任务激发了他的烹饪才能,一年下来,他竟然学会了做20个菜,成为远近闻名的烹饪能手。

长大后,桑德斯换过各种各样的工作,做过粉刷工、消防员、保险推销员,当过兵,做过治安官等。40岁的时候,桑德斯来到肯塔基州,开了一家可宾加油站。因为来往加油的客人很多,看到那些长途跋涉的人们饥肠辘辘的样子，一个念头在桑德斯的脑海里涌了出来：为什么我不顺便做些方便食品，来满足这些人的需求呢？于是，他就在加油站的小厨房里做一些日常饭菜来招徕顾客。他推出了自己最有特色的食品——也就是后来闻名于世的肯德基炸鸡的雏形。这些炸鸡由于味道鲜美、口味独特，很快就受到了人们的热烈欢迎。口口相传，可宾加油站的炸鸡很快声名远播，结果许多人到这个加油站来不是为了加油，而是为了吃炸鸡。

随着顾客越来越多，桑德斯趁热打铁，在马路对面开了一家桑德斯餐厅，专营他的特色食品——炸鸡。餐厅的生意越来越好，桑德斯又投资扩建了可容纳142人的大餐厅。以后的几年里，他一边经营，一边认真研究炸鸡的特殊配料，不断改进炸鸡的味道，使他的炸鸡更加受到人们的欢迎。到了1935年，桑德斯的炸鸡已经闻名遐迩。肯塔基州州长鲁比·拉丰为了感谢他对该州饮食业所做出的特殊贡献，正式向他颁发了肯塔基州上校官阶，所以人们都叫他“亲爱的桑德斯上校”。

可是，就在桑德斯的经营不断扩大、前景一片光明的时候，突然的打击很快击垮了他如日中天的事业。先是由于第二次世界大战爆发，战争期间实行汽油配给，导致了他的加油站关门；随后，新建一条横贯肯塔基的跨州公路的规划，导致他经营的餐厅被拆迁。桑德斯的所有计划都被打乱了，他的雄心和热情一下子被冷水浇灭。他不得不变卖资产以偿还债务，他的银行存款也被用光了。一下子，这位昔日备受尊敬的上校，从一个众人羡慕的富翁变成了一个不名一文的穷人。

此时，桑德斯已经56岁。每月105美元的救济金，令他的生活难以为继，而且，他真的不想就这样平庸地度过一生，他的内心始终放不下自己的“炸鸡事业”。他日日夜夜地冥思苦想，希望可以找到办法摆脱困境、东山再起。他想，我最擅长的是做炸鸡，我拥有的最有价值的东西就是做炸鸡的配方，这应该是我的一笔无形资产呀，如果能有人购买我的炸鸡配方，那该多好！

于是，桑德斯带上一口压力锅、一个50磅的作料桶，开着他的老福特，开始上路了。从肯塔基州到俄亥俄州，这个身穿白色西装、打着黑色蝴蝶领结、一身南方绅士打扮的白发上校把车停在每一家餐厅的门口，向餐厅兜售他的炸鸡秘方，要求给老板和店员表演炸鸡，请求他们尝一尝自己做的味道独特的炸鸡。老板和员工们尝过他的炸鸡后，都禁不住向他竖起了大拇指。很多饭店的老板表示愿意聘请他作为餐厅的厨师。可是，这并非桑德斯所愿，他微笑着对老板说："如果您喜欢我做的炸鸡，那么，我可以卖给您特许经营权，我为你们提供作料的配方，教会你们炸制的方法，你们每卖出一只炸鸡，就给我5美分的回报。您看，可以吗？"这些餐厅的老板们对这种合作方式闻所未闻，大家都摆手拒绝了他这个"异想天开"的想法。

整整两年时间，桑德斯被拒绝了1009次。可是，桑德斯没有灰心、没有放弃，他坚信好的东西一定会有人欣赏，好的东西一定会有人看中。带着这种百折不挠的精神，桑德斯走进了第1010家餐厅。这一次，他终于得到了一句"好吧"的回答。那一刻，他欣喜若狂——自己终于走出了这一步，终于有人认同了自己的想法！1952年，盐湖城第一家被授权经营的肯德基餐厅建立了，这便是世界上餐饮加盟特许经营的开始。随着这种合作方式的初见成效，很快就有了第二家餐厅、第三家餐厅……越来越多的餐厅加盟。桑德斯的想法终于被越来越多的人接受了，他的业务像滚雪球般越滚越大。在短短5年时间里，他在美国及加拿大已发展了400家的连锁店。

1955年，桑德斯上校的肯德基有限公司正式成立了。与此同时，他接受了科罗拉多一家电视台脱口秀节目的邀请。当他穿着白色的棕榈装，戴着多年配戴的黑框眼镜出现在大众面前时，这个老者烹制炸鸡的南方上校形象，很快就吸引了电视主持人和众多记者，吸引了广大的观众，也吸引了许多精明的商人。商人们蜂拥而至，将他团团围住，强烈要求购买他的特许经营权。为此，桑德斯建起了学校，让这些餐厅老板来学习怎样经营特许炸鸡店。

在桑德斯74岁高龄的时候，他决定把这项事业转让出去。虽然他出售了全部专有权，但考虑到他的巨大声誉，那些新主人专门付给他一笔终身工资，请他继续担任肯德基炸鸡的代言人，并进行广泛宣传。自从在电视上露面之后，桑德斯的打扮已经成为肯德基独一无二的注册商标，人们一看到他，就会自然想起桑德斯上校的传奇经历和他永远笑呵呵的样子。为此桑德斯经常开玩笑说："我的微笑就是最好的商标。"如今，我们一走进肯德基餐厅，首先就能看到那位非常亲切的白发老头形象。

每一项事业的成功，背后往往都有许多失败的故事。一次一次的失败，并不代表着方向就是错误的，并不代表着离成功越来越远。有时候恰恰相反，每一次失败，往往就是离成功更接近了一步。尤其是对于新生事物，人们的认识和接受都需要一个过程，都需要比较长的时间。如果遇上一点挫折就失望、遇到一点阻力就放弃，那我们就永远无法到达成功的终点。

桑德斯从一个失业的老头，到创造出肯德基的传奇，一方面，自然跟他精湛的手艺、精益求精的追求是分不开的；另一方面，跟他对自己事业的信心、对自己想法的坚持、对失败的容忍态度是分不开的。如果他放弃了自己最初的想法，安安心心地到一家餐厅做厨师，那么他这一辈子也许就是一个好厨师而已，不可能有较大的作为，更不可能把肯德基的美味炸鸡传播到全世界。

桑德斯不因为年迈而屈服命运，不因为挫折而一蹶不振，而是在失败面前不低头，继续谋求出路，继续追求梦想，并最终创造出自己的人生传奇。这样的精神，值得我们每一个人学习。

没有永远的失败，只有还没有实现的成功。面对失败，我们永远不要忘记，成功还在前面等着我们。

实践是重新的开始

从前，有个王子非常羡慕别人骑着高头大马在路上驰骋。虽然他也很想骑上马威风一下，可他天生胆小，根本不敢骑马。

侍从见王子闷闷不乐，于是给王子出了个主意："尊敬的王子殿下，我有一个办法让你学会骑马。"

王子问："你有什么办法？"

侍从说："我们可以找工匠帮您做一匹木马，只要您天天在木马上练习骑术，就会慢慢找到感觉，将来就会逐步学会骑马了。"

王子大为高兴，急忙命他找工匠做了一匹高大威猛的木马。

从此，王子每天骑在木马上，手执马鞭，幻想自己正骑在真马上四处驰骋，还不断地在木马上做些高难度动作。

过了一阵，王子自认为已经谙熟骑术了，于是叫人牵来了一匹真马。

侍从好心地提醒道："尊敬的王子殿下，您这回是第一次骑马，一定要小心哪，先得慢慢骑着走。"

王子不屑地挥挥手，说："我已经骑了这么久的木马了，骑术早就非常精湛了。"说完，迅速跨到马上，扬起马鞭，催马快速奔跑。

谁知道，马刚奋力扬蹄，王子就从马上摔了下来。

侍从急忙去扶起王子，一边查看伤势一边对王子说："我可怜的王子殿下，您要知道，木马跟真马的差别是很大的呀！"

书本上的知识是我们获取智慧的重要渠道，是我们改变命运、走向成功的主要方式。这些知识开阔了我们的眼界，增长了我们的才干，强化了我们的能力，使我们懂得了许多事物的原理，明白了许多做人的道理、做事的方式方法。我们的生活、我们的工作、我们的事业都需要书本上的知识来帮助，都需要理论的指导，这样可以少走弯路或者不走弯路。

可是，理论不能代替实践。不经过实践的检验，理论终归是理论，甚至与实际情况相差很远。学了理论，还必须脚踏实地开展实践。实践是重新的开始，是更重要的成长。书本上学到的东西并不完全是有用的，或者许多东西虽然有用，但真正运用起来，还需要结合实际，讲究方式方法。哪些知识内容可以用在什么事情上，该怎样用好在这些事情上，这都是一门学问。

相当一部分人都会陷入这样的误区：读了很多年书，拥有了很多书本上的知识，于是就骄傲自满，就扬扬得意，看不起那些读书没自己多、学历没自己高的人，看不起那些做事情亲力亲为的人。他们满足于拥有丰富的理论，不愿意沉下心来参加实践，不愿意亲自动手做一些实实在在的事情。他们以为拥有了书本上的知识，只要自己愿意，只要自己出手，就一定可以比别人强，就一定可以获得巨大的成功。于是，这些人心高气傲，把自己的起点定得很高，把自己的能力看得很强，听不进别人的意见，看不起别人的做法，把别人的经验看得一文不值，似乎一切真理都掌握在自己手中，自己的意见、自己的做法才是最正确的，别人的想法、做法都是愚蠢的。

然而，一旦从理论走向实践，一旦从象牙塔转向实战场，他们才发现现实与书本上写的有多么不同，理论与实践还有多么大的差距。他们不肯将实践作为重新的开始，结果往往在实践中摔跟头，甚至跌得头破血流。这时候，他们其中一部分人会埋怨现实、埋怨社会，认为是现实不可理喻，认为是社会环境不公平，认为是各种客观原因导致了自己的失败；还有一部分人会怀疑读书是否有用，会埋怨是知识害了他们、是理论误导了他们，认为读书越多，导致自己的人生被贻误得越多，于是后悔读了这么多书。其实，不是书本害了他们，也不是现实太残酷，而是他们的心态没有端正过来。知识的作用是任何人也无法否定的，它可以武装我们的头脑，可以点亮我们人生的梦想。可是，知识需要与现实相结合，需要我们立足现实，认清实际情况，从知识中寻找解决问题的正确方法。知识运用得好，那就是好东西；知识用错了地方，那就发挥不出应有的作用。

“读万卷书，行万里路。”一个人的正确心态，应该是既要认真学习课本上的知识，广泛涉猎各种学问，又要深入生活、深入实际，在实践和锻炼中认真观察、认真体验，使自己的各种知识在实际的工作和生活中找对出路、找到用处。从象牙塔中走出来，从书本上的知识海洋中走出来，我们要敢于把自己的起点重新定位，放低自己的身段，继续虚心向实践学习，虚心向经验丰富的人学习——不管他们的文化层次如何，不管他们的身份地位如何，他们毕竟经过了实践的锤炼，做人做事都会有自己的一套方法。只要我们善于在实践中吸取别人的长处，再结合自己的知识优势，寻找一套最优的方法，就一定可以不断地实现超越，实现自己的目标和理想。

用结果回应质疑

贝聿铭是著名的美籍华人建筑师,1917年出生于广东省广州市,是苏州望族之后。他的父亲贝祖贻曾任中华民国中央银行总裁,也是中国银行的创始人之一。贝祖贻希望儿子将来子承父业,要求儿子赴英国攻读经济学。因为贝祖贻认为英国的教育不仅严格,而且规范,何况自己与英商的汇丰银行、麦加利银行的银行家有密切交往,将来儿子毕业后能够助自己一臂之力,然后再接自己的班。但是,贝聿铭却深深地迷上了建筑设计,于是违背父命,选择了美国宾夕法尼亚大学的建筑设计专业,后来又转学到麻省理工学院攻读建筑工程,27岁时在哈佛大学建筑研究所深造,取得硕士学位。没想到,他的这一次人生选择不仅使自己拥有了不一样的命运,也使整个建筑界出现了一位了不起的人物。

贝聿铭先是应纽约市极有眼光和魄力的房地产开发富商威廉·柴根道夫的邀请,加盟他所创办的韦伯纳普建筑公司,担任建筑研究部主任。柴根道夫和贝聿铭,一个是有经验、有口才、极其聪明的房地产建筑商人,一个是学有专长、极富创造力的建筑师。两人配合,相得益彰,成了一对事业上的理想搭档。他们的合作长达12年。后来,贝聿铭在纽约开设了自己的建筑设计事务所，又成立了"贝聿铭设计公司"，专门承担工程的设计任务。他那无比丰富的想象力，他那独具匠心的设计思路，他对建筑造型与所处环境自然融合的追求以及他对建筑材料的考究，使得他的设计作品令人耳目一新、叹为观止。尤其在美国的许多大城市中，都有贝聿铭的"作品"，他设计的波士顿肯尼迪图书馆，被誉为美国建筑史上最杰出的作品之一；他设计的丹佛市摩天大楼，纽约市的议会中心等，令许多人为之倾倒；费城社交山大楼的设计，更是使贝聿铭获得了"人民建筑师"的称号。贝聿铭的设计作品逐渐走向世界，美国的华盛顿国家艺术馆东馆，中国的香山饭店、香港中国银行大厦、澳门科学馆，日本的美秀美术馆，卡达杜哈伊斯兰艺术博物馆等，都被人们所熟知、所喜欢。为此，贝聿铭曾 9 次获得美国建筑师学会设计奖及法国建筑学院金奖、日本帝赏奖，尤其后来获得了建筑界最高荣誉——普利兹克奖，获得了美国总统授予的"自由勋章"、法国总统授予的"光荣勋章"等，被誉为"现代建筑的最后大师"。

20 世纪 80 年代，法国总统弗朗索瓦·密特朗决定改建和扩建世界著名艺术宝库卢浮宫。为此，法国政府广泛征求设计方案。应征者都是法国及其他国家的著名建筑师。最后由密特朗总统出面，邀请世界上 15 个声誉卓著的博物馆馆长对应征的设计方案进行遴选抉择。结果，有 13 位馆长选择了贝聿铭的设计方案。贝聿铭设计用现代建筑材料在卢浮宫的拿破仑庭院内建造一座玻璃金字塔。不料此事一经公布，在法国引起了轩然大波。人们认为这样会破坏这座具有 800 年历史的古建筑风格，"既毁了卢浮宫又毁了金字塔"。但是，密特朗总统力排众议，采用了贝聿铭的设计方案。

然而，一时间，在法国社会充满了对贝聿铭的质疑和攻击，带头人是一群拥有各种头衔、具备较高知名度的历史学家和政客，还有与此事毫不相干的各种团体也纷纷加入了这个阵营。他们高声呼喊着“巴黎不要金字塔”“不许干涉卢浮宫”等各种反对口号。受此鼓动，巴黎许许多多的人们也纷纷加入，他们佩戴着写有“为什么要造金字塔”字样的圆形小徽章，表示他们对贝聿铭设计方案的不满与反对。无孔不入的法国媒体更是兴高采烈地记录下被它们称为“金字塔战役”的这场建筑论争的每一个新动态，极尽所能地讽刺挖苦贝聿铭。

一天，贝聿铭和女儿走在大街上，街上的法国女人们认出了贝聿铭，纷纷朝贝聿铭的脚上吐唾沫。

女儿被吓了一跳，感到气愤难当，张口想“回敬”她们几句话。没想到，贝聿铭却镇定自若地拉了拉女儿的衣角，朝女儿使了个眼色，制止了女儿的“反击”。

回来后，女儿仍然气愤难当，她不解地对父亲说：“爸爸，那些女人们对你这么无礼地冒犯，为什么你不让我跟她们理论？”

贝聿铭微笑着说：“我们又何必跟她们一般见识？如果我们跟她们在街上大吵大闹，那么，我们的素质又跟她们有什么不同呢？别人对我设计的作品方案不满意，有质疑，那么，我回应别人最好的方式就是——用完美的作品来证明自己是正确的！”

此时，“金字塔战役”绝不仅仅是围绕卢浮宫进行的一场无关紧要的小争执，它成了与法国文化的未来直接相关联的哲学大争辩。作为代表法国光辉历史的建筑物和法国革命后该国文化的枢纽，卢浮宫肩负着比任何可比照的美国建筑物都要深沉的象征意义。卢浮宫的历史大体上就是法国的历史。同时，这场建筑上的争论其实也是一次政治较量，在接下来将要进行的总统大选中，“金字塔”建造得成功与否，直接关系到人们对密特朗总统的评价与连任。

因此,建造好“金字塔”,既关乎贝聿铭的个人毁誉,又关系到法国的政治,贝聿铭自然承受着巨大的心理压力。但贝聿铭默默地承受着外界给予的巨大压力,他下决心要全力将自己的作品完美地呈现在世人面前。

结果,贝聿铭做到了这一切!他设计建造的高21米、底宽30米、四个侧面由673块菱形玻璃拼组而成、总平面面积约有2000平方米的玻璃金字塔,完美地展现在了世人面前。在这座大型玻璃金字塔的南、北、东三面,还有三座5米高的小玻璃金字塔作点缀,与7个三角形喷水池汇成平面与立体几何图形的奇特美景。这座玻璃金字塔不仅是体现现代艺术风格的佳作,也是运用现代科学技术的独特尝试。

面对这座美轮美奂的建筑,所有针对贝聿铭的指责都戛然而止,人们反过来对他无限称赞,认为巴黎卢浮宫拿破仑广场上这座新建立的透明金字塔,是“卢浮宫院内飞来了一颗巨大的宝石”。在距离总统选举还有两个月的时候,密特朗总统在竣工的玻璃金字塔内举行了典礼,授予贝聿铭荣誉勋章。贝聿铭作品的成功也为密特朗总统的连任赢得了一定的民意基础。

用结果回应质疑,才是最好的回应方式。在结果还没有揭晓之前,针对别人的质疑,任何争论都难以奏效。那么,为什么不放弃争辩,平静地对待质疑,把心思和精力全部投入拿出好结果上来呢?当你用实力、用结果证明了自己,一切质疑自然会烟消云散。

·用求生的欲望来追求成功

有位青年去拜访哲人,向哲人求取成功之道。

哲人燃起一堆篝火,与青年一起坐到火堆旁。

青年仰望星空,深深地叹了口气,说:“人世间就像这片夜空,而我们就像夜空中的星星,每颗星星都会发光,每颗星星都想发出更强的光,使自己更闪亮、更耀眼,也只有这样,才不会令自己的光芒被湮没在夜空中。尊敬的老师,您能告诉我怎样才能成为那颗更闪亮、更耀眼的星星吗?”

哲人微微一笑,随手抓住身边的一只山蛙,扔向火堆中。就在青年大惊失色之际,那只山蛙呱的一声大叫,在一瞬间猛然从火堆中一跃而出,跳向远方,飞奔而去。

哲人说:“你看,这就是力量。如果你始终以身陷绝境必须求生的强烈欲望来追求成功,那么你就必定能够充满力量、脱颖而出,比别人发出更强、更亮的光。只可惜世间的人能够偶尔把一两天当作世界末日来珍惜的人很多,但坚持把每一天当作世界末日来珍惜的人少之又少。一时激情澎湃努力一阵的人很多,始终保持斗志自强不息的人很少。”

很多时候,我们之所以希望成功,是羡慕别人拥有成功,羡慕别人身上笼罩的光环。我们想成功,却缺乏追求成功的强烈欲望和全力以赴的斗志,因此往往将成功停留在理想状态,或稍作努力后又望而却步、半途而废。如果我们能用求生的欲望来追求成功,以坚持不懈的精神来拼搏,那么又何愁不能到达成功的彼岸呢?

惩罚也是一种机会

以前，在美国的西点军校，曾经有这么一个考试项目：教官让学生在空旷的泥地上挖一个深洞，里面安置一个高4米、直径为2.5米的圆形铁桶，铁桶内壁光滑无比。然后将受训的人放进这个铁桶之中，给他一夜的时间，让他想办法从铁桶里爬出来，但不许借助任何工具。如果无法通过这项考试，学生将被以这种方式来处罚和取笑——被人从上面抛下泥土，一直埋到脖颈处。

结果，每个参加考试的学生都没有办法空手爬出铁桶，都是在“受辱”之后，面红耳赤地被人拉出来。

这晚，轮到年轻的道格拉斯·麦克阿瑟进行这项考试了。在考试之前，麦克阿瑟就开始动脑筋思考起来。在他被放进铁桶底之后，他表现得出奇的冷静。

与别人不同的是，他既没有竭尽全力地往上跳，也没有试图用两手来横撑铁桶内壁往上爬——事实上，前面的同学这样做都是徒劳的，因为铁桶实在太高、太宽了。

麦克阿瑟就这么静静地待在那里。上面等着看笑话的同学都急了："道格拉斯，你可是最聪明的学生呀，难道就不做一点努力、不做一点尝试，就这么举手投降了？"

麦克阿瑟微笑着说："我正在养足精神呢。"

其他人都笑了起来，见麦克阿瑟仍然没有任何动静，大家都觉得很无趣，于是陆续离去，回宿舍睡觉了。

第二天早上，教官带着其他学生来了，只见麦克阿瑟还是静静地待在铁桶里。

教官下令，让其他同学对麦克阿瑟进行惩罚。于是，大家嬉笑着往麦克阿瑟身上倒泥土。

这时，麦克阿瑟出人意料地行动了起来，他不像其他人那样惭愧地低着头一动不动地受罚，而是上面每倒一铲泥土下来时，他就迅速把那些泥土集中到一起，然后踩在脚下。就这样，他把泥土全部在一个地方集中垫高。当所有泥土都倒下去之后，麦克阿瑟借着垫在脚下的泥土，轻轻往上一跃，就轻而易举地抓住了铁桶的边缘——他成功地爬出了铁桶！

在众人惊诧的目光中，主考官走上去握住麦克阿瑟的手祝贺道："恭喜你，年轻人，你在这项考核中获得了满分！"

有时，惩罚也是一种机会。因此在受惩罚时，千万别在灰心丧气中闲着，应该开动脑筋，力争在这个过程中想出办法挽回损失、走出困境。

做个真实的人

4岁时，父亲卷入一起诈骗案，虽然最终被判无罪释放，但再也没有回过家。失去父爱的他与母亲相依为命。

20岁时，他被要求服兵役，于是只好抛开学医的念头，到马达加斯加的炮兵连服兵役。

22岁时，当他准备去印度支那服役，却因军舰没能及时到达，复员转道去了巴黎。在巴黎，他拿下了巴黎政治学院和巴黎大学的法学与经济学的文凭，先后在突尼斯、冈城及巴黎政治学院任教。

35岁时，时任法国工业部部长的让-马赛尔·让纳内任命他为工业部办公室主任。他从此步入政坛。

43岁时，戴高乐任命他为欧洲经济共同体委员会副主席，负责经济和金融事务。

52岁时，他开始担任法国政府外贸部部长。同年，希拉克辞去总理职务，他又出人意料地被时任总统的德斯坦任命为政府总理，并兼任经济和金融部长，成为法兰西第五共和国有史以来首位统管内阁和财权的领导人。

83岁高龄的他在巴黎恩宠谷陆军医院病逝。他去世后,法国政界人士不论左、中、右派,无不为他的离去而悲伤,社会党第一书记奥朗德赞扬他是“一位真正的国务活动家、一位独特的政治活动家”;中间派领袖贝鲁称其是“把国家普遍利益置于个人利益之上,坚持既定方向”的领导人;前总统希拉克认为他是“一位伟大的经济学家、政治家,一位伟大的欧洲统合派人士”;时任法国总统萨科齐总统也对他“自由独立的精神,用知识服务国家的信念以及丰富的国际经验和看问题的高度”钦佩不已。

他就是法国的前总理雷蒙·巴尔——一个特立独行的经济学家和政治家。

自小便养成了坚强、自立、果敢性格的雷蒙·巴尔,无论是在他的执教生涯中,还是在他后来的政治生涯中,始终保持着“行事独立”的个性。他始终独立思考,坚守信念,不在乎别人怎样说,坚定地朝着自己的目标迈进。正因为如此,他以独特的见解发表了关于秩序自由主义的文章,该文所表达的思想后来成为“大欧洲建设”的理论基础;正因为如此,他以渊博的学识和睿智风趣的教学风格赢得了学生们的喜欢,他编著的经济学教材一直被当作主要课本,学生们亲切地称其为“巴尔书”;正因为如此,他保持自己独特的政治思想,坚决不依附任何党派的立场,虽然位处中间派,却又不加入中间派的法国民主联盟(UDF),这使他成为法兰西第五共和国领导人里唯一的“无党派人士”。

登上政坛高峰的雷蒙·巴尔,却始终认为自己是一个“非专业的政客”。可就是这么一个“非专业的政客”,走上政坛后却非常忠于职守,他努力运用自己对于经济与政治学的深刻理解,竭尽全力地为促进国家的经济繁荣服务;他促成了“欧洲货币联合浮动”,成为“蛇形浮动”

的创始人,被认为是世界主要货币专家之一。

1988年,巴尔以独立候选人身份参加总统大选,在首轮投票中获得了16.54%的支持率,但最终不敌左右两派强大集团势力的夹击,无缘进入第二轮选举。面对左右两阵营抛出的“橄榄枝”,巴尔称“宁做一个不受欢迎的人,也不做一个不负责任的人”。由于他没有对希拉克的保卫共和联盟(RPR)表现出任何倾向性,两周后,希拉克败给了密特朗。

作为一名特立独行的政治家,雷蒙·巴尔在政坛上的形象与众不同。他坚持自我,不刻意地去讨好谁,但最终却受到民众的爱戴;身处政坛高峰,他却常常运用一些极其犀利的字眼来讽刺政坛人物,但最终却赢得了政坛上其他人的尊敬。

在我们看来,一个特立独行的人最好去当作家、当艺术家,或者设计师什么的。可是雷蒙·巴尔却做了一个政治家,一个国家领导人,实在令人觉得有些不可思议。

其实仔细想一想,这也完全在情理之中。因为有谁不喜欢“真实的人”呢?雷蒙·巴尔就是这么一个“真实的人”,他把自己的“真实”完全展示给大家。尽管这样使他看起来会有些不完美,却会让人觉得很真诚、很值得信任、很值得尊重。

如果一个人对待别人很真诚,那么,尽管他看起来个性很鲜明,但他仍会得到别人的尊敬和喜欢。

眼睛里的事业

世界著名魔术师托尼在70岁高龄的时候,打破自己一直不肯收徒的规矩,决定公开招收一名徒弟,将自己的毕生所学传授给他。

当然,要成为托尼的弟子,这并不是一件简单的事情。倒不是因为托尼提出必须拥有魔术扎实功底的要求,相反,托尼要求已经是魔术师的人不能报名;但想成为托尼的弟子,必须经过其他方面的层层选拔,比如体形、动作、表情、沟通能力、创新意识等方面。这些都是由托尼的助手们来完成。最开始有数千人报名,经过几次选拔下来,只剩下5个人进入最终决赛。

最终环节是由托尼亲自出马考核决定。这天,在一家毫不起眼的小酒店的会场里,5个过关斩将的佼佼者紧张地坐在凳子上,等待托尼的出场和裁决。托尼进来了,他手里提着一个大皮箱,来到会场前台,向大家扫视了一遍,微微一笑,说:“我的孩子们,你们一定都在紧张着我会用什么方式来考核你们吧?请放轻松,做不了魔术师,还可以做其他的。现在,让我们来聊个轻松的话题吧。”说完,托尼把大皮箱往桌面一放,然后打开——皮箱里竟装满了一捆捆纸币!

在大家惊诧的目光下，托尼笑着说："这是我半个月来挣的钱。瞧，做魔术师，最大的好处就是，很能挣钱！"托尼说完，把大皮箱重新关上，对大家说："现在，我的孩子们，你们有什么感想？"

4个参加选拔的人都纷纷投去羡慕的目光，然后极尽华美之词，称赞托尼的专业深厚、技艺精湛、知名度高、广受欢迎。

五人当中，只有一人双眼紧紧盯住大皮箱，沉默不语。

托尼指着他，笑着说："我的朋友，为什么你不说一句恭维的话呢？你该不会对我皮箱里的钱想入非非了吧？"

这位小伙子不卑不亢地说："如果我猜得不错的话，这个皮箱再打开的时候，里面将是空空如也。"

托尼一愣，盯了小伙子几秒钟，脸上充满了赞赏的神色："你叫什么名字？"

小伙子回答："我叫斯文洛，来自加州。"

托尼大步走上前去，用力握住小伙子的手："好的，斯文洛，我的孩子，希望将来你能从我这里学完所有的本领。"

其他4个参加选拔的青年都愣住了。托尼的助手打开了大皮箱，向现场的人展示——里面果然已经什么都没有了。四位青年顿时议论纷纷，有充满遗憾的，也有不服气的。

托尼向他们挥了挥手，示意大家安静下来，然后说："我知道你们都很疑惑，疑惑我为什么选中了斯文洛。其实刚才这只是一个小魔术，如果你们认真观察，肯定都能够发现，但这次你们失去了冷静观察的能力。为什么呢？我知道——是因为那一捆捆诱人的钞票，是因为对拥有财富的羡慕。而斯文洛没有被诱惑，我从他的表现中看到了一种魔术师最需要的珍贵品质——事业心。只有这种事业第一的理念深深扎根在你心里，你才可能成为一名伟大的魔术师。大家知道我为什么一开始就拒绝本身已是魔术师的人报名参加吗？因为我最看中的不是他已经拥有的本领，而是他在这项事业中的可塑性。”

事实证明，托尼的眼光一点都没错。10年后，斯文洛不但尽得托尼的本领，而且创造了许多神秘深奥、广受欢迎的新魔术，成就超过了他的老师托尼。

一个人能否获得事业上的成功，关键在于他对事业的态度。眼中只有钱，那是非常短视的，不可能把事业当成毕生追求，也永远不可能达到事业的顶峰。把做好事业当作目的，把财富看作事业的附属品，这样才能真正把事业做强、做大，才能最终成为行业的“领头羊”。

相信自己是最好的

李小龙在美国时，一直怀才不遇，但他从未感到消沉，他一直坚定地对自己，也对别人说："我是最优秀的武术家，总有一天，我会出人头地！等着瞧吧！"

在美国，李小龙的中国功夫闻名遐迩，他进军好莱坞之后，曾扮演过好几部影视剧的角色。但由于当时华人在美国没有地位，他只能在里面演配角、反角。为此，李小龙很不甘心，因为他觉得自己有实力，觉得自己是个了不起的人物，不应该隐没在不起眼的角落里。后来，他一手策划了一部表现中国功夫的影片《无音箫》，准备自己担任主角。正当他对这部影片充满期待的时候，华纳兄弟公司却最终决定放弃。

尽管满怀失望与沮丧，但这并没有让李小龙对自己的能力产生任何怀疑，只是他看清楚了这样一个现实：在这样的时代背景下，华人在美国没有地位，华人在西方影坛的发展也会深受阻碍。无论自己在影片中的表现如何出色，好莱坞都不会轻易给自己机会。正所谓"良禽择木而栖"，与其在这里等着渺茫的希望，还不如转回香港发展。

在李小龙的心目中，自己是最优秀的，理应在实力最雄厚的公司施展才华。当时香港最大、最有实力的电影公司就是邵氏兄弟公司，邵逸夫开始时确实也对李小龙很感兴趣，然而当李小龙开出自己的条件时，邵逸夫立刻表现得冷淡起来。李小龙开出的条件是：主演一部影片的片酬是1万美元，拍摄时间限定在60天内，必须有自己满意的剧本，否则不拍。

显然，李小龙认为自己的优秀完全值这个价（当时这个片酬在好莱坞只是很一般的片酬标准，但对于香港来说，却是很高的了），而且既然自己是"最优秀的武术家"，那就应该演出最好的影片，那些自己不满意的剧本就不应该出演。

然而，邵逸夫那时并没有看出李小龙的巨大价值，对李小龙的"苛刻"要求非常不屑："开什么玩笑，我手下那帮年轻漂亮的女明星，一个月才600港元。他不就是一个教人打拳的武师吗？邵氏300元一个月的武师有一大把！一个从来没有演过主角的武师，我出几千港币让你来试演，够抬举你了。"于是，邵逸夫让人转告李小龙：片酬只能是港元3000—9000元，拍摄时间不能限定。

邵氏的轻慢态度换来的是李小龙这样的回答："No！"

虽然屡受挫折，但李小龙仍然对自己，也对别人说："我是最好的，我是最优秀的！总有一天，我的伯乐会出现，那时我会让全世界都感到惊讶！"

很快，李小龙的伯乐果然出现了——他就是邵氏的对手"嘉禾"。那时的嘉禾公司正处于困境中，他们极度缺乏人才和成功的电影。邵氏"店大欺客"的事情传到嘉禾后，嘉禾的"掌门人"邹文怀立刻决定用诚意来打动李小龙。他先让嘉禾的导演罗维的太太刘亮华代表自己登门拜访李小龙，然后表明了自己对李小龙发自内心的欣赏。那时，嘉禾尽管资金非常困难，却开出了7500美元的片酬给李小龙，并承诺对于其他条件，他们将会尽最大努力去满足。嘉禾如此的诚意让李小龙非常感动，于是他决定跟嘉禾签约。

其间，李小龙通过电话跟邹文怀对话时，他将香港武侠片的功夫贬得一无是处，“虚假得很”，“香港的武星没有一个会武功”，“有本事就表演真功夫”……后来，李小龙和邹文怀见面时的第一句话就是：“你等着瞧吧，我会成为全世界最伟大的武打明星！”

李小龙的“狂妄自大”并不是没来由的，因为他对自己的功夫精益求精，对自己的演技精益求精，对剧本的要求也是精益求精。因此，他完全有理由相信，自己是最好的、是最优秀的，自己主演的影片也会是最卖座的。

后来的事实证明，李小龙的确是个天才。他主演的第一部影片《唐山大兄》就立刻让全世界感到震惊。影片上映不到三个星期，就打破港产片纪录，随后在中国台湾、中国澳门、新加坡等华语电影市场，也很快打破了当地影片的票房纪录。凭借“李小龙旋风”，嘉禾一下子从生死存亡的边缘成为一家颇有实力的电影公司，这令邵逸夫懊悔不已。接下来，李小龙主演的《精武门》令全世界的影迷感到疯狂：在中国香港，影片上映仅两个星期，票房就突然破了400万元；在新加坡，成千上万的影迷涌向电影院，造成严重的交通堵塞，当局不得不宣布《精武门》停映一个星期；在菲律宾，《精武门》连续上映6个月久盛不衰，打破了菲律宾所有影片的纪录；在美国，甚至在日本，这部电影也引起了巨大轰动……

相信自己是最好的，李小龙便果真做到了“最好”。

其实，一个人的信心来自自己的实力，同时信心又会反过来激励自己去增强实力。相信自己能够成为最优秀的人，你便会在无形中有了这样的目标——我一定要做到最优秀！那么，你就很有可能做到最优秀。

珍惜表现自己的机会

有一次，一位著名的专家到大学里做演讲。在演讲的过程中，他需要学生做一些配合，于是他问道：“在座的有多少人读过《三国演义》？”《三国演义》是中国古代四大名著之一，按理说会有很多人读过，但教室里没有一个人响应。显然，大家都害怕成为被提问的对象，因此选择了沉默。

专家见大家都默不作声，无奈地笑了一下，然后说：“我给大家讲个故事吧。我刚到美国念书的时候，大学里经常邀请华尔街或跨国公司的高级管理人员做演讲。我发现一个有趣的现象：我周围的同学总是拿一张硬纸，中间对折一下，在纸上醒目地写上自己的名字，然后把它立在桌前。这样，演讲者需要大家回答问题时，他就可以直接看名字叫人。当时我觉得很不可思议，便问旁边的同学为什么要这么做。他笑着告诉我，演讲的人都是一流的人物，他们提问到谁，其实那就是谁的幸运。这种机会很难得，被提问的人也必将对这场讲座印象深刻，从而收获更多。当然，他也将是最能引起大家注意的。要知道，一个被大家关注的人，比别人更容易获得成功。”

说完这个故事之后，专家接着问："那么，现在我请问一下，在座的有谁读过《三国演义》？"这时，教室里超过四分之三的人都举起了自己的手。

其实我们稍加留意一下，就会发现这位专家在演讲时遇到的这种情况在我们身边比比皆是。我们在学校读书的时候，很多学生不愿意主动举手回答问题，甚至不敢直视老师的目光，生怕引起老师的注意而被老师提问；在大学上公共课时，大家也总是喜欢往后几排座位挤。这样的人，要么是不热爱学习，要么是对自己信心不足。其实，学生们是在拿钱买知识，但却不懂得珍惜机会，白白浪费。如果我们再认真观察一下，我们会发现一个很有意思的现象：成绩好的学生，大多是那些喜欢主动坐前排的人。

珍惜每一个可以表现自己的机会，可以让你学到更多、体会更多，也会让你比别人更加充满自信、更容易获得成功。

为失败做好准备

1944年6月6日，对于反法西斯战争来说，这一天有着重要的历史意义，值得人们永远铭记。

就在这一天，反法西斯盟军在诺曼底登陆，他们史无前例的“霸王行动”，彻底改变了“二战”战场的整体形势，加速了法西斯的失败。

战斗开始之前，盟军最高司令艾森豪威尔充满激情地对士兵进行“反攻动员令”演讲：“联合国在正面战场上对德军予以了迎头痛击，德军的空中力量和陆上战斗能力都被我们严重削弱；我们的后方弹药充足、武器精良、部署得当、力量强盛。潮流已经逆转，全世界自由的人们正在一起向胜利迈进。我对你们的勇敢、责任心和作战技巧充满了信心，我们迎接的只会是彻底的胜利！”

所有士兵的血液都沸腾了，他们紧握着拳头，高举着手，欢呼声不断。他们从艾森豪威尔充满自信的话语中，对“彻底的胜利”毫无疑问。他们坚定了必胜的信心，决定勇往直前地去夺取胜利、去建立战功。

这一战，反法西斯盟军果然大获全胜，彻底扭转了反法西斯战争的不利局面。士兵们也都觉得这场胜利是理所当然的，因为他们对艾森豪威尔充满了信心。

其实,谁又知道,除了“反攻动员令”的那份演讲,艾森豪威尔私下里还准备了另一份声明——那是为行动失败而准备的。因为尽管当时盟军对这次行动进行了长时间的周密计划,但面临的困难也是非常巨大的。

战斗开始之前,所有知道该计划的人都绷紧了神经——因为这一战的规模之大和对军力的投入之巨是前所未有的,甚至可以说是“孤注一掷”。与法西斯的斗争,成败在此一战!

尽管大家都期盼着反法西斯盟军尽快取得大规模的胜利,尽快结束这令人们陷入巨大灾难的世界性战争,但大家对法西斯军队的实力不敢小觑,时任英国首相的丘吉尔对行动能否成功也表示怀疑。

实际上,艾森豪威尔也无法保证行动将获得成功。就在反攻动员的前一天晚上,艾森豪威尔独自坐在桌前,在一张纸上写道:“我们在瑟堡至勒阿弗尔的登陆行动未能取得立足点,我已经撤回了部队。我决定在这个时候攻击这个地方是基于获得的最好情报。登陆部队、空军和海军都非常英勇并且献身于他们担负的任务。如果要责备这次行动或任何人,请责备我。”

幸运的是,这份失败声明并没有用上。

谁能保证自己百分之百成功呢?许多事情即使我们有一定的把握,却难保不会失败。很多时候,我们都只是为成功做好充分的准备,脑子里想象的全是成功后的收获和喜悦,但假如失败了怎么办?因此,无论做什么事情,我们一定要想好退路,未雨绸缪,在认识到有利因素的同时,也要对失败做好充足的准备;一旦失败,在勇于承担责任的同时,马上另辟蹊径。

为失败做好准备,正是为下一步的成功铺好基石。

第四辑

处世的学问

为人处世是一门大学问，需要我们用一辈子来学习。学做事，必须先学会做人。社会很复杂，人际关系也很复杂，一个人想在这个复杂的社会中更好地立足，必须首先学会如何为人处世；一个人想在复杂的人际关系中，与人融洽相处、友好相处，必须拥有做人的丰富智慧，拥有正确处理人际关系的方式方法。

善良比聪明更重要

当他还是个孩子的时候，他的夏天总是跟住在得克萨斯州的祖父母一起度过。

他的祖父母参加了一个房车俱乐部，经常与俱乐部的人们一起结伴在美国或到加拿大旅行。他们驾驶的是一种拖挂型房车。有时候，他也会加入祖父母的房车旅行中。

那天，他的祖父母带着他加入了300多名旅行者的行列中。祖父在前面开着小汽车，房车挂在小汽车后面。他照例坐在后排的长椅上。祖母坐在他前面，默默地吸着烟。

他讨厌烟味。于是，他费尽心思想就祖母吸烟这件事情说点什么。那时，他的数学能力特别强，经常会精确地计算一些油耗、杂货花销等方面的东西。他忽然想起一个有关吸烟的公益广告，广告的大意是说吸一口烟会减少两分钟的寿命。他的脑海里立马开始为祖母计算每天要吸几支香烟，每支香烟要吸几口……然后他心满意足地得出了一个合理的数字。

他为自己的“聪明”感到骄傲极了。他捅了捅坐在前面的祖母的头,又拍了拍祖母的肩膀,得意扬扬地宣称:“经过我精密的计算,可以得出一个准确的结论:你每天这样子吸烟,你就少活9年!”

他抱着双手,满以为祖父母会对他的“聪明”和算术能力给予夸赞和掌声。但出乎意料的是,这一切并没有发生。车内先是一阵沉默,接着,祖母突然放声大哭起来。他坐在座位上,一时不知所措。

刚才还在一直默默开车的祖父,把车停在了路边。祖父下了车,打开车门,让他下车。祖父是要批评他吗?是准备大发雷霆了吗?他感到非常忐忑不安。他的祖父一直是一个安静又充满智慧的人,从来没有严厉地批评过他。这会是第一次吗?或者,祖父会要求他立刻到车上跟祖母道歉?

他按照祖父的要求下了车,跟祖父走到路旁。祖父注视着他,沉默了良久,然后语重心长地说:“孩子,有一天你会明白,善良要比聪明来得更难。”

时间如流水般逝去,在漫长的岁月中,这个场景和祖父的那番话一直萦绕在他的脑海里。在他成长的过程中,他慢慢明白了祖父那番话的深刻含义。他为自己当年的言行感到羞愧和懊悔,因为当时他不是因为爱和关心而去劝阻祖母吸烟,不是用亲情去温暖祖母那颗落寞的心,而是为自己的“小聪明”沾沾自喜,用自己的“小聪明”去伤害祖母的心灵。

他就是后来成为亚马逊总裁的杰夫·贝佐斯(Jeff Bezos)。在普林斯顿大学毕业演讲上,杰夫·贝佐斯回忆起了这段往事,感慨地说:“今天我想对你们说的是,天赋和选择不同。聪明是一种天赋,而善良是一种选择。天赋得来很容易,毕竟它们与生俱来,而选择可能更难。如果不小心,你就会被自己的天赋所诱惑,如果真是如此,这往往会影响你做出选择的能力。”

一个人聪明与否，这是上天给予的。可是，决定你人生价值的，不是你的智商，而是你的品质。我们必须明白，善良永远比聪明更重要。

反对也要讲规矩

美国在建国之前，经过了7年的独立战争，但是取得战争胜利、摆脱英国的控制之后，当时的十三个州并没有立马就形成一个国家，而是各自为政。在与英国作战的时候，13个邦联合作战；可是打败英国后，它们仍然各自分散治理。1777年，13个邦召开“大陆会议”，通过了《邦联条款》，宣布结成“永久性的同盟”，形成“美利坚联邦”。但各邦仍然保持自己的独立自主权，只是派代表组成“联邦议会”，统一外交和国防，并协调各邦之间的事务和纠纷。实际上，这只是一个松散的联盟，并不是真正意义上的国家。

随着时间的推移，各邦面临的情况越来越复杂，问题越来越多，包括与欧洲国家贸易、交往的问题，包括各邦之间的矛盾冲突，尤其是有的邦与邦之间还存在边界问题。如果任由矛盾发展下去，问题将会变得越来越严重，甚至很有可能会发生内战，进而会导致那里的整片大陆处于危险境地，局面一发不可收拾。为了维护大家的共同利益，避免发生冲突和内战，保护经过独立战争后来之不易的胜利果实，大家初步形成了一个共识——那就是建立一个强有力的联邦政府，统一管理这个联邦,使13个邦成为一个真正意义上的国家。

于是,1787年,在当时历史最悠久、人口最多、土地面积最大的弗吉尼亚邦的发起之下,各邦代表举行了一次"联邦制宪法会议"。这时距离打赢独立战争已经过去了11年。通过谈判建国,这并非易事。各邦都有自己的利益关切,大家关注的重点各不相同。那么,怎么保证谈判取得实效,最后建国成功呢?按照谈判的规则,由每个邦的议会推选出代表,到宾夕法尼亚的费城开会。每个邦出席的人数可以不同,但投票的时候,每个邦只能投一票。这就意味着,每个邦在投票之前,自身内部就要形成一个意见,以少数服从多数的原则,来决定投的这一票是"赞成"还是"反对"。在发起会议之前,东道主弗吉尼亚邦就已经拟好了方案。与会人员以方案为依据,对方案的内容进行逐条讨论。在讨论的过程中,与会人员可以充分表达自己的意见,然后根据条款进行逐条投票通过。对于分歧比较大的条款,往往经过多次修改、多次投票,以求尽量缩小分歧。结果,会议一共开了116天,整个文本经过569次投票才最后通过。

在讨论宪法的时候,一开始大家的分歧非常大,来自不同邦的代表,有各自不同的想法,他们会提出不同的问题和要求。一条一条地讨论下来,争论非常激烈,然后通过不断修改条款,尽量在大多数人中形成统一的意见,再根据少数服从多数的原则进行逐条投票通过,即使是微弱多数也必须服从。如果一项条款争议太大,双方意见相持不下,那么就暂时把这项条款搁置一边,先讨论其他条款,等其他条款通过之后,再回过头来"啃那块最难啃的骨头"。

在谈判的过程中,根据议事规则,还规定了许多细节,比如互相之间以礼相待,一人就一个问题只能发几次言,等等,要求大家都遵守。

这就保证了整个讨论过程中的秩序，会场不会出现意见不合的时候就诉诸暴力的现象。其实，每个人都非常重视自己所持有的意见，不曲意求同，不轻易妥协，所以谈判是比较艰难的，但大家都遵守了少数服从多数的原则。

这部宪法虽然最后通过了，但其实并没有达到皆大欢喜的效果，很多人都觉得很不完善、很不满意。然而，既然是大家逐条讨论、逐条投票通过的，大家就要承认它、接受它。最后，大家宣誓，对讨论过程保密，不管是自己曾经同意的还是强烈反对的内容，都不可以把分歧向外传播，更不允许动员别人起来反对。因为这部宪法已经根据大家同意的议事规程通过，它就是合法的，既然大家都承认它的合法性，也就不可以回去再动员群众来反对。于是，美利坚合众国就这样被“谈成”了。

每个人都会有自己的观点，每个人都有权坚持自己的意见，每个人都可以强烈反对别人的观点和看法。可是无论是要达成协议也好，还是共同完成一项任务也好，都必须遵守一定的规矩。无论结果如何，都不能破坏既定的规矩。否则，合作就无从谈起，秩序就会被搅乱，局面就会失控，需要共同配合的事情就永远无法完成。

一些谈判不欢而散，一些国家和地区由于所谓的“民主”而陷入乱局，往往都是不肯遵守规矩、不能守住底线导致的。一些人偏执地要求别人听从自己的，自己决不肯听从别人的，即使大多数人反对自己，自己也不肯放弃。而且，他们不但继续坚持自己的想法，还煽动别人跟自己一起继续站出来反对，这种带有强迫性的做法会导致一切更加混乱。

“没有规矩，不成方圆。”只要是大家共同同意了的规则，就必须得到严格遵守。即使你有不同意见，在充分表达了自己的意见之后，如果得不到大多数人的认可和支持，你就必须服从最终的结果。你可以继续保留和坚持自己的想法，但你不能因此就破坏大家共同制定的规则。

反对是每个人的权利，但反对必须讲规矩。你的反对有效果，那是可以值得高兴的；但如果你的反对没有效果，你也绝不能因此就乱来。否则，还有事情可以控制呢？在反对的过程中不遵守规则的人，必然会受到大家的谴责，甚至会受到大家的惩罚。那些纵然反对无效也遵守规矩、服从最终结果的人，才会受到大家的尊重。也只有这样，大家才能理性地生活，这个社会才可以正常运转，人们才能和谐共处，一切事情才能有序进行。

过于“听话”的悲剧

一阵急促、刺耳的电话铃声响起。

消防人员急忙拿起电话：“你好，这里是‘119’火警求救电话……”

“快来救救我们！我们在一艘船上，我们的船好像正在下沉……”电话那头传来一个年轻男孩的声音，恐惧令他的声音颤抖不已。

“你先不要着急。现在请你告诉我，你们的位置在哪儿？乘坐的是什么船？有多少人在船上……”消防人员一连串地发问。

“我不知道……我需要问一下他们，我们大部分人都是学生。现在情况很危急，船已经倾斜了，我们好害怕。求求你们，快来救救我们……”由于过于惊恐，男孩的表述非常模糊。消防人员花了好长时间才确定了船的位置，他们随即把电话转接到海警部门。紧接着，在短短的时间内，又有近20名学生打来求救电话。原来，一艘大客轮此时正在韩国西南海域发生浸水事故。客轮上载有470余名乘客，其中大部分是高中生。

海警部门随后紧急组织救援船只开往事发地点。当多艘救援船只到达事发地点时，救援人员都惊出了一身冷汗，眼前这艘大客轮的浸水程度已经相当严重,倾斜已经超过45°,显然不可能再重新恢复状态。当务之急是将所有乘客马上转移到救援船只上。但由于客轮的船身严重倾斜,救援人员已经无法登上客轮施救,乘客只有尽快跳船,救援人员才好对他们施救。

前来施救的船只越来越多,大家焦急地等待着客轮上遇险的乘客跳水逃生,然后他们就可以从水中把乘客营救上来。但令人感到非常奇怪的是,尽管客轮眼看就要沉没,却几乎看不到人跳水逃生。救援船只不停地鸣笛,催促客轮上遇险的乘客赶快穿上救生衣跳船,然而令人遗憾的是,客轮上的乘客对此置若罔闻,基本上没什么人从客轮中跑出来。

就这样,救援人员眼睁睁地看着大客轮完全沉没深海里。这次悲剧造成超过300人丧生——这就是震惊世界的韩国"世越号"客轮沉没事件。

客轮眼看就要沉没,为什么乘客们竟然如此无动于衷,没多少人跳水逃生?这令所有救援人员感到大惑不解。

后来,据生还者回忆事故的过程,这个谜团才终于得以解开。原来,当这艘客轮遇险的时候,船方通过广播对大家说:"请大家保持冷静,在船舱内耐心等候救援。船舱里面更安全,救援人员很快就会过来把大家营救出去。"在长幼尊卑观念根深蒂固的韩国社会,来自上级和权威的要求往往不会遭到质疑或挑战,因此很多乘客完全服从船方的指令,保持了"少安勿躁",也为此失去了逃生的机会。

可恨的是,船方在发出这样的指令后,船长竟然伙同其他船员逃出舱外,乘坐最先到达事发地点的救生船逃离了客轮,把他的乘客完全抛弃。乘客们听从了船方的指令,继续留在船舱内"耐心等待救援",导致大量乘客错过了最佳逃生时间。结果,客轮上的15名核心船员全部获救,而那些听从指令、满怀希望留在船舱内等待救援的乘客中,300余人失去了宝贵的生命。

这次事故中,也有一些乘客大难不死,得以逃生。在这些幸存者中,不少人正是由于没有听到或者无视船方的指令,其中还有一些私自到甲板上抽烟的淘气学生,他们通过跳船得以逃过一劫。然而,大多数学生却因为听从指挥而与客轮一同沉入海中——包括那位第一个打电话求救的男孩。

事后,包括船长、船员在内的数十名责任人被起诉,受到了法律的严惩。可是这一切都无法挽回那逝去的300多条鲜活生命——尤其他们大部分人还是学生,他们的青春年华本应该在这个美好的季节绚烂地绽放,但他们就这样过早地枯萎了,留下一对对失去至爱和寄托后痛不欲生的父母。

"世越号"客轮的悲剧令韩国陷入巨大的悲痛中,同时也使韩国人开始深深地反思国家的教育理念和教育制度——这种要求孩子绝对服从家长、下级绝对服从上级,做个"听话"的人的教育,在有的时候不仅是一种悲哀,更有可能成为一种悲剧,因为很多人会为此丧失自己正确的判断力。

帮忙要有度

驴背着很重的货物在路上行走，累得气喘吁吁、汗流浃背。

马经过，看见这一幕，就很热心地对驴说：“驴老弟，看你累成这样，不如我帮你背一半吧，你就不会这么吃力了。”

驴连声道谢。

分了一半货物到马背上后，驴轻松了很多。一路上，马和驴有说有笑。它们快活地将货物运到了目的地。

第二天，驴运货时又遇到马。

马又热心地对驴说：“今天我再帮帮你吧。”

驴点了点头，将货物分了一半到马背上。

走了一阵，马说：“货物不是很重，反正我今天也没什么事，干脆我全部帮你运就好了，你可以早点回家休息了。”

驴大喜，将货物全部弄到了马背上。

第三天，驴运货时又遇到马。马又帮驴把全部的货物运到了目的地。

就这样，马一直帮驴运货。逐渐地，驴习惯了将货物背到路口，然后等马来帮忙运往目的地。

一天，驴在路口等了很久，马才恹恹出现。

驴生气地对马说："你怎么这么迟才来？要是货物运迟了，我会被主人责骂的！"

马有气无力地说："我今天生病了，不能再帮你运货了。你自己把货物运到目的地吧。"

驴急了，大叫道："你生病关我什么事？你快把货物背上，我要回家休息了！"

马不再理会驴。

事情传开后，谁也不肯再帮驴的任何忙了。

马也终于明白了一个道理：乐于助人，但绝不能越俎代庖呀！

在别人遇到紧急困难，需要我们及时伸出援手的时候，只要我们力所能及，就应该积极地对别人予以帮助。乐于助人是一种美德，既可以帮助别人解决困难和问题，使别人对你充满感激，从而扩大你的人缘和人脉，又可以树立你自己的良好形象，使其他人对你更加信任、更加尊敬，从而使你的事业更容易得到别人的支持。

然而，仅有一颗助人为乐的心，仅凭着自己的一腔热情去毫无顾虑地帮助别人，这也是不行的。一些时候，你的主动帮忙或者毫无保留的帮忙，不但得不到任何回报，甚至得不到应有的感谢和尊重，还有很多人好心办坏事，吃力不讨好。

那么，帮忙应该注意哪些问题呢？

首先，要看你帮的人值不值得帮。不管对方是熟人还是陌生人，你都必须学会判断，他们的品质是好还是坏？对于别人的帮助，他们会感恩还是会就此赖上你甚至对你反咬一口？这样的人，熟人好判断，因为日久见人心；陌生人就比较难判断，因为你并不了解他们。对于熟人，无论是亲戚还是朋友，如果你知道对方的品质比较好，诚信比较好，那么就不妨积极给予对方帮助；如果你知道对方品质恶劣，诚信比较差，那么无论多么熟，都应该主动疏远，尽量避免与对方有任何交集。对于陌生人，在帮助对方的时候，举手之劳、没有隐忧的事，我们应该果断地伸出援手；但如果是涉及法律责任问题的事，就应该多留一个心眼。对于近年来人们热议的“老人摔倒该不该扶”这一问题，就是一个很好的例子，这种时候，在帮助别人之前最好尽量多能留下一些证据，尽量不要掉进别人挖的坑里去。

其次，要看你帮的事值不值得帮。如果对方遇到的是急事，人命关天，那么就应该义无反顾地伸出援手，比如自己的亲戚朋友住院抢救，紧缺医药费，那么帮助对方筹钱救急，这是应该的。但如果对方遇到的事是经常可能发生的，并且不是迫在眉睫的事，那么就应该结合实际，认真考虑权衡一下。比如对方需要一笔钱做生意，或者需要钱买房买车，向你开口借钱，那就应该认真考虑一下自己与对方关系的亲密度，应该考虑一下对方的诚信和偿债能力，还要认真考虑一下自己的经济实力，然后再做出自己的决定。在这方面，许多人也都有一个原则，那就是“救急不救穷”，这话有一定的道理，但也要因人而异、因事而异。

最后，要注意帮忙的方式方法。帮忙要根据别人的需要来帮，而且要量力而行。故事的马帮驴驮货，最开始这是好事，因为当时驴非常需要别人帮忙。可是到了后面，马就开始大包大揽，这样的帮忙，就已经越过该有的界限了，不但助长了驴的懒惰，逐渐习惯了马的帮忙，同时也使马多出了一份沉重的负担，一旦马无法再帮忙的时候，反而惹得驴对它充满埋怨。在现实生活中，确实存在较多这样的现象。一些人在工作中，喜欢主动去帮助同事，但同事本来自己有能力去完成那些工作，现在见有人主动帮忙，自然巴不得，一旦帮成了习惯，同事就觉得心安理得、理所当然了，结果帮忙的人一直把自己的时间分配出去，让自己多了一份工作负担，却同时养懒了同事，一旦自己想脱身，还很可能使双方关系变僵。因此，帮忙可能让自己成为别人的恩人，但也有可能让自己成为别人的仇人。很多时候，这都归根于帮忙的方式方法。如果是对方完全有能力自己做好的事情，那就应该让对方自己来做；如果对方因为能力不足，无法完成自己的事情，需要你来帮助的时候，那么不妨指导一下对方，帮助对方掌握做好这件事的方式方法，使对方下次可以做好，但决不能一直无休止地持续下去，把别人的工作当成自己的工作来做，把别人的事情全部扛到自己肩上来，因为这样即使你把自己累垮，也不会得到别人的尊敬和同情，反而让别人觉得你太笨太傻。

凡事过犹不及，帮忙也是一样，必须有一个度。既不能看到别人因为帮忙而惹麻烦，于是就自我封闭、为人冷漠，不愿意帮任何人的忙；也不能盲目主动，见人就帮、遇事就帮，那样不但容易让自己被人算计，陷入困境，而且也会使自己的时间和精力都被分散，都被别人剥夺，影响到自己对事业的追求和对家庭的奉献。

不帮人的人孤独、可悲，乱帮人的人愚蠢、可怜。掌握好帮忙的分寸，学会帮人的技巧方法，是我们智慧为人、快乐生活的必然要求。帮人帮好了，我们的事业、我们的生活都将充满阳光。

警惕财富中的“道德陷阱”

管仲有句名言是这么说的:“仓廪实则知礼节,衣食足则知荣辱。”很多人也往往都认为,社会经济地位越高的人,他们往往就越注重道德修养,越可能遵纪守法,越可能诚实守信。但是,美国加利福尼亚大学伯克利分校研究人员的研究报告却显示,社会经济地位越高的人,可能更有作弊倾向。

在这项研究中,研究人员守候在伯克利市中心一处十字路口,观察经过车辆的品牌、年款等情况,记录它们是否有违规超车等行为。结果显示,最贵车辆的违规记录是最便宜车辆的4倍。在是否礼让行人方面,这两者之间表现出了更大的差距。我们都知道,车辆价格与驾车者所处的社会阶层基本上是对应的,与他们拥有的财富基本上是呈正相关的。

研究人员又做了另一项调查,他们向来自不同家境、不同社会经济地位的在校大学生发放了一份标准问卷,要求接受调查的大学生如实回答自己在不同场合下是否会有不道德的行为:一种情况是,假设你花了10美元去买咖啡,结果售货员却错找回了20美元,你会不会悄悄留下这笔钱？另一种情况是，教授错把你的考试成绩由B给成了A，你是否会主动告知并要求教授改正过来？回答的结果显示，越是拥有较高社会经济地位的大学生，他们越容易做出那些不道德的行为，他们更容易倾向于贪婪和作弊。

而且，研究人员还发现，如果某人突然迈入上流社会或者中了大奖，道德标准也可能出现下滑。

为什么会是这样的结果呢？研究人员认为，有钱人往往更容易觉得自私是人的本性。因为拥有更多的财富，所以他们相对较少依赖社会关系来生存，进而更有胆量去违反规则，并且也不太会感到内疚。

一些有钱人会在内心里觉得高人一等，习惯在享受各种待遇时理所当然“有钱人优先”，甚至觉得规则应该是由聪明人来制定、由笨蛋来遵守的。他们会觉得以自己的社会经济地位，更能承受因违反规则而受到的处罚。

因此，一些有钱人容易藐视规则，进而投机取巧，心存侥幸，违反规则。于是，这也导致了一些有钱人从违反小规则开始，发展到慢慢走上违法犯罪的道路，从而付出沉重的代价。这就是财富中的“道德陷阱”。

那么，明白了这么一个现实后，我们在追求财富的过程中，更应该提高对“道德陷阱”的警惕性。孟子劝人“穷则独善其身，达则兼善天下”，我们即使做不到对世人拥有博爱情怀，起码也要坚持原则，守住底线，遵纪守法，做个正直坦荡的人。唯有这样，财富才能真正给我们带来幸福，而不是带来灾祸。

施恩别老提

羊不小心掉进了陷阱里，它拼命呼救。

象听到求救声，来到陷阱旁，将长长的鼻子伸下去，将羊卷了上来。

羊对象感激不尽。

象很无所谓地说：“小意思，举手之劳嘛。”

可是从那以后，象经常对其他动物提起自己救羊之事，甚至当着羊的面，象也会对其他动物说：“你们要知道，上次羊掉进陷阱里，要不是我救它，它早就没命啦！”

前面几次，羊都附和着说：“是啊，多亏了象大哥帮忙，不然我就完了。象大哥是我的救命恩人哪！”

然而，象总是不厌其烦地对其他动物提起这件事，时间一长，羊的脸色就有些难看了。

后来，羊索性故意躲着象，有时路上偶然遇见，羊也是掉头就走。

象很不高兴，有一天在路上碰到鹿，便对鹿说：“羊真是没良心，如果当时不是我救它，它早上了猎人的餐桌了，可是现在它却不但不感恩，还故意躲避我。”

鹿将象的话一五一十地转达给了羊。

羊叹气说："我也知道，象确实对我有大恩，以前我也从心底非常感激它，可是它老提这件事，说得太多次了，不知为什么，我心里很不是滋味，反而对它感激不起来了……"

在我们的身边，经常会遇到这样的人——只要自己对别人有过帮助，即使是微不足道的小恩小惠，也总喜欢时时挂在嘴边，经常向自己帮助过的人提起，好像生怕别人"忘恩负义"；也经常对周围的其他人提起，私下提，当众也提，恨不得全世界都知道自己做了好事，自己是谁的恩人。结果，说得多了，让受助的人心里很不是滋味，也让其他人觉得很反感。

帮助他人，施人恩惠，这是好事，是值得鼓励和褒扬的，可是作为施恩者，也需要顾及别人心里的感受，顾及别人的尊严。作为接受别人帮助的人，一般内心都会非常感激，即使你不提起，他们也会在内心默默地记住，默默地感谢，一有机会他们可能就会予以回报。对于这些懂得感恩的人，你不需要去提起那些事，他们不会忘恩。当然也有一些人，非常的自私自利，你对他们施恩，他们并不会放在心里，甚至会觉得心安理得，没有一点感恩的心理。对于这些不懂得感恩的人，你也不需要去提起那些事，即使你提再多次，你也绝对唤不起他们对你的任何感谢——你只能面对现实，因为你从一开始就帮错了人。

在一些学校里，经常会有一些企业和个人对贫困学生进行捐助，这本来是行善积德的好事，但有的时候在捐赠形式上实在令人不敢苟同。一些企业、个人和学校让受助的学生先在现场演说，陈述自己的家境如何困难，自己如何需要帮助，对于给予自己捐助的人如何感恩，表态将来自己要如何报答恩情，如何回报社会……这些程序都是精心设计的，很多时候是为了让捐赠者更有面子，或者觉得捐得“很值”。可是殊不知这样也让部分受助者心里感觉很难受，很伤自尊。许多家庭困难的学生都是因为家里曾经遭遇不幸，或者一直生活在条件恶劣的地方，心里本来就比较自卑，性格本来就比较敏感、内向，现在要求他们在众目睽睽之下诉说自己的一切，并做出各种表态，这就有些强人所难了。如果再加上媒体指名道姓地报道，自己的同学、周围的人、社会大众都知道这一切，往往会让他们时时觉得自己低人一等，属于弱势群体。还有一些捐助者，要求受助学生经常向自己“汇报”学习成绩，“汇报”生活状况，使受助学生心理压力巨大，似乎自己一旦成绩不好，就对不起恩人、对不起社会。社会上经常指责一些人是“白眼狼”，说他们接受了别人的资助，不懂得感恩，一年到头都不怎么联系“恩人”。这种情况分两种，一种情况就是确实有的人没有感恩心理，让人心寒；另一种情况是他们内心压力太太，一直以来感觉很压抑、很难受，所以他们在逃避，逃避那种“低人一等”的自卑感。

受人滴水之恩，当以涌泉相报，这是接受帮助的人应该努力做到的。但作为施恩者，应该具有相反的心态，施恩不图报，不要老把自己对别人的帮助放在心里、挂在嘴上，否则是自我降格，容易惹人反感。帮助了别人，让别人默默地感受这份温暖，让别人默默地记住我们的好，别人愿意回报，我们感到开心，别人没有机会回报，我们也淡然一笑——这就是助人为乐的最佳状态。

别把完美建立在他人的痛苦之上

森林里举办万鸟歌唱大赛。平时极其热衷于唱歌的乌鸦第一个报名参加。

万鸟歌唱大赛开幕那天，赛场盛况空前，各种鸟儿将赛场围得水泄不通，已踊跃报名等待上台一展歌喉的有数百只鸟。

乌鸦第一个上台，它清了清嗓子，然后非常投入地唱了起来："呱、呱呱、呱呱呱……"

尽管乌鸦唱得很认真，但它那非常难听的歌声令所有鸟儿感到无比难受。出于礼貌，大家嘴上没说什么，可心里都希望乌鸦刺耳的歌声尽快结束。负责主持大赛的喜鹊也是这样想的，所以乌鸦的歌声一落，喜鹊就迫不及待地说："下面有请百灵鸟……"

然而，乌鸦并没有放下话筒，而是很认真地对大家说："刚才可能是由于我太紧张，没有很好地发挥出自己的真实水平，我打算再唱一遍，希望大家喜欢！"

不等喜鹊发话，乌鸦又唱了起来："呱、呱呱、呱呱呱……"

乌鸦这次唱得也并不比上次好听多少，所有鸟儿感到度秒如年，但也只好硬着头皮待在原地。

终于,乌鸦第二遍也唱完了。

喜鹊虽然有些不耐烦,但还是强装微笑,环视一下四周,大声说:“下面有请……”

“我还是再唱一次吧,我觉得我的真实水平还是没有完全发挥出来。”乌鸦打断喜鹊的话,然后在大家惊愕的目光中,又开始唱第三遍。

所有鸟儿都被乌鸦搞得快要抓狂了,全场都躁动起来,喧哗声一片。

乌鸦还以为是自己的歌声打动了大家,变得更加情绪高涨,所以在第三遍唱完后,又继续说:“大家都知道,我是一只追求完美的鸟,刚才我的歌虽然唱得很不错,但我还想唱得更完美一些……”

所有的鸟儿几乎要崩溃!

喜鹊终于忍不住了,冲上前一把抢过乌鸦的话筒,向乌鸦大吼道:“你尽可以去追求你的‘完美’,但请你不要把它建立在别人的痛苦之上好不好?你要考虑一下大家是否受得了!”

追求完美,应该对自己严格要求,不断寻找和改进自己的不足,使自己不断完善和提高,但不要把追求自身的完美建立在对别人的苛求上,不要要求别人无条件配合自己,这样只会让人反感和嫌弃。

事实上,无论是在工作上,还是在生活中,我们都会发现身边存在这种“追求完美”的人——他们“严格要求别人”,要求别人完全顺着自己的意愿行事,要求别人把所有的事情都做得很完美。他们的眼睛里容不得半粒沙子,只要别人做的事情稍不符合他们的意愿,只要别人做的事情稍微出了一点差错,他们就立刻火冒三丈,暴跳如雷,责骂、讥讽一股脑儿倒向别人,恨不得把别人骂得钻进地缝里去。

与以这种方式“追求完美”的人生活在一起,那是非常累的;与以这种方式“追求完美”的人在一起共事，那也是非常累的。如果这样的人是你的家人，你每天不得不面对着他的严厉管束，面对着他提出的各种苛刻要求，面对着他对你的永无休止的“改造”，可是，无论你怎么做，无论你怎么努力，你都永远无法达到他的要求，你都永远无法让他感到满意。这也是家庭矛盾不断的原因。如果这样的人是你的上司，你每天都要像台机器一样，上紧发条，高速运转，不得有半点停歇；你每天都要像台计算机一样，思路清晰，每项工作都要考虑周全、仔细，每项工作都要做到一丝不苟。可是，这还是不可能让你的上司感到满意。因为无论你每天做多少工作，他都不觉得你尽了最大的努力，他总是觉得你的效率还是不够高；无论你怎么尽力把工作做好，他始终还是觉得你做得不够好，因为他总能帮你找出缺点、找出瑕疵，而他的目光，往往只停留在瑕疵上。遇到这样的上司，你会很累，你会身心交瘁，会想着尽快跳槽。

追求完美，这是一种积极向上的人生态度。然而，我们必须注意追求完美的方式。我们应该把重心放在提高对自己的要求，提升自己的素质和能力，完善自己为人处世和做好工作的方式方法上，让自己无论在工作上，还是在生活中，都是一个精致的人，都是一个可以让他人信赖、钦佩的人。对于别人，我们可以提出自己的观点，可以提出自己的意见，但不要把一切变成强制性，不要把要求变成强求。对于家人，我们应该心平气和，以平等的姿态来表达自己的想法，始终做到尊重对方，如果对方实现不了你想要的结果，必须宽容对待、理解万岁。如果你成为别人的上司，对待你的下属，你可以通过完善你的管理方式、激励方法，来促使你的下属更加努力工作、尽力做好工作，但我们必须体现人文关怀，要考虑他们的实际情况，考虑他们的承受能力。如果他们确实已经尽了力，那么即使达不到你的最终要求，你也应该以豁达的心态来看待，多给他们一些鼓励，多给他们提一些有益的意见，帮助他们改进工作方式方法，提高工作效率。

总之，追求完美，不应该一味地去苛求别人，而是在严格要求自己的基础上，去努力创造一个既积极向上、共同努力、奋发有为，又相互宽容、相互理解、相互支持的良好氛围。氛围完美了，个人才能真正向完美迈出步伐。

警惕诱惑后面的危险

大约4万年前的一个夏天，太阳炙烤着太平洋东岸的平原。枯草落叶漂浮的沥青湖边，走来一只叉角羚，它口渴难耐。湖面的清水吸引了叉角羚。当它兴冲冲地踏上前去的时候，却发现蹄子被黏稠的沥青粘住了。

叉角羚一边挣扎一边惊恐地呼喊："救命啊！救命啊！"

叉角羚的嘶叫声引来了剑齿虎。看到猎物，剑齿虎毫不犹豫地扑了上去——却没想到自己也很快就陷进了沥青湖中。

接着一群惧狼来到这里。看到叉角羚和剑齿虎都在沥青湖中挣扎，惧狼们高兴万分："这么好的食物，可不能白白浪费了！"于是，惧狼们纷纷向叉角羚和剑齿虎扑去——完全没有意识到湖中的危险。结果它们很快也跟着叉角羚和剑齿虎往下沉了。

类似的场景一再地上演，持续了数万年。

1906年，一队考古学家来到这里，发现沥青湖底整整埋藏了几万年的动物历史。从那时起，科学家在沥青湖就开始了不断的发掘。至今挖掘出的骨化石总重量已超过了100吨。它们像矩阵一样层层堆积。

仅4号沥青坑就发现了174匹狼、90只剑齿虎、14匹马、8只骆驼和7头狮子骨骸化石。

在沥青湖,有无数动物因为口渴忍不住清水的诱惑而身陷其中,又有无数动物因为忍不住猎物的诱惑而想“趁人之危”却命丧其中。

诱惑分为两种:一种是无害的诱惑;另一种是有害的诱惑。无害的诱惑包括可以通过正常渠道、合法手段获得的利益,并且是可以通过克服风险,令自己不会遭受损失的收获,比如成功的经商,通过努力工作、科技发明获取更高的报酬等。有害的诱惑包括利用非法手段获取的不正当利益,比如贪污、受贿、盗窃、抢劫等;也包括一旦染指就会对自己、对家庭、对社会产生危害的东西,比如赌博、吸毒等;还包括了虽然可以通过正当手段获得,但却因为忽视风险就会导致自身利益受损的情况,比如失败的经商等。

面对可能无害的诱惑,面对可以通过正当手段获得的利益,我们可以想方设法地去追逐。但当我们的眼前出现这些诱人的利益时,我们千万不要被兴奋冲昏了头脑,不要光想着好处;越是这个时候,我们越要冷静,越要提高警惕性,必须进行认真的分析,做出正确的判断。因为往往利益跟风险是成正比的,利益越大,风险就越高。面对那些巨大的诱惑,我们要全面分析其中的风险因素,不要只顾眼前,不看脚下。否则,我们很容易就掉进陷阱里面。

对于那些有害的诱惑,我们必须坚决抵制,毫不犹豫地拒绝,并且远离这些诱惑。这个世界充满了有害的诱惑,这些诱惑的背后,都隐藏着巨大的危险。一些人因为经不住名利的诱惑,铤而走险,想通过不正常的渠道去获取,结果弄得身败名裂、锒铛入狱。比如,有的人因为经不住升职、当官的诱惑,不惜违法乱纪,向上行贿、金钱开路;有的人经不住金钱的诱惑，置国法于不顾，贪污受贿，以身试法；有的人做着一夜暴富的美梦，于是想通过赌博发家，结果家财败光，四处举债，亡命天涯；有的人向往不劳而获，入室盗窃、出门抢劫，结果被判重刑、失去自由。一些人经不住美色的诱惑，背叛家庭、背叛爱人，结果弄得妻离子散、追悔莫及。一些人经不起毒品的诱惑，整日沉迷于毒品，自甘堕落，结果弄得身体崩溃、家破人亡。尤其近年来发生的许多名人、艺人吸毒事件，值得我们警醒、值得我们深思。这些名人、艺人已经功成名就，本来应该好好珍惜自己的名誉，竭力维护自己在大家心目中的良好形象才对，可是他们却不懂得自尊自爱，在毒品的诱惑面前，毫无抗拒之力，结果一旦被媒体和公众曝光，他们颜面尽失，前途尽毁。

面对诱惑，我们必须时刻保持清醒的头脑，必须时刻注意诱惑背后的风险。在这个充满诱惑的世界中，如果我们经受不住考验，人生就会陷入巨大的危机中。尤其面对那些有害的诱惑，如果我们抵制不住它们，就会沦为诱惑的奴隶，就会无法掌握命运的方向，就会在生活的海洋中翻船，被诱惑所淹没。如果我们意志坚定，坚决抗拒和抵制那些诱惑，我们就能坚持自我，保证人生之舟的正确航向，就不会坠入黑暗的深渊中。也只有这样，我们才能创造出属于自己的辉煌事业。

善恶都有连锁反应

一个人死后，来到了天堂。望着天堂里美好的一切，他既快乐又疑惑。

有一天，他遇到了上帝，便不解地问：“万能的主呀，我想请问你，为什么我死后有幸来到天堂呢？”

上帝微笑着说：“因为你生前救过很多人呀。”

这个人更加疑惑了，说：“主呀，虽然我很喜欢天堂里的一切，但我不能不向您坦白，我生前并没有救过人。”

上帝慈祥地说：“不，你的确救过很多人。你还记得吧，你曾经落水，危在旦夕，被一位陌生的小伙子救起。你对那位小伙子感激万分，执意要答谢他，并且在你的一生中，从未忘记他的恩情，经常去看望他，为他排忧解难。你知道吗？那天是小伙子第一次救人，由于你对他的感谢，使他认识到了自己的人生价值，感受到了与人为善的自豪与快乐。后来，他又先后救过十多个人的性命。所以，你也是间接地救了他人的性命呀！”

一个人死后，被押到了地狱。在受尽各种酷刑和万般折磨之后，这个人要求见死神。

死神答应了他的请求，接见了他："你为什么要见我？"

这个人愤愤不平地说："我生前犯了什么罪，为什么死后要我下地狱？"

死神回答道："你杀了人，杀了很多人。"

这个人愤怒地说："你肯定弄错了！我发誓，我从来没有杀过任何人！"

死神说："你生前是否遭遇过一次车祸，肇事司机逃跑后，有一名好心的司机开车路过，送你去医院，救了你的命，可你反而诬陷是这位司机撞了你，要求他赔了一大笔钱？"

这个人低着头，沉默了一会儿，说："是有这件事，我承认当时我昧了良心，但我并没有杀人啊！"

死神义正词严地说："你知不知道，这件事发生后，那位司机有多么伤心、多么痛苦？从那以后，他又遇到了很多起同样的事故，他再也不敢去救人了；其他司机听说这件事后，遇到这种情况，也不敢去救人了。结果，许多遭遇车祸的人，由于得不到及时的救治而死去。你说，你作了多大的孽！那些可怜的人，其实就等于是被你杀死的！"

"勿以善小而不为，勿以恶小而为之。"善具有传播性，恶也具有传播性。不经意的一件善事，有可能影响到周边人，带来良好的带动效应；不经意的一件恶事，也有可能影响到其他人，带来恶劣的连锁反应。

每个人都应该心怀善根，多做善事。有时只是举手之劳的小小善举，却可以让他人感到温暖，心生感动，从而感染他人成为一个更善良的人，也加入行善者的行列中。或者，对待别人的善举，给予肯定、给予赞赏，这只是自然而然的事情，却可以令行善的人受到鼓舞、受到激励，从而促进他们更加喜欢做善事，做更多的善事。

然而，现实却有些残酷，一些人对待善恶的态度令许多人心凉。有的人得到了别人的帮助，不懂得感恩，有时连一句“谢谢”都不肯说；有的人甚至恩将仇报，令行善者无比心凉，也令其他想行善的人无比心凉，在行善的道路中一声长叹，从此止步不前；还有的人对别人行善的行为不但不赞赏、不鼓励，反而不断讥笑、不断泼冷水，甚至故意聚焦和放大社会上发生的“白眼狼”故事，来证明“好人没好报”的“因果关系”。他们的言论在一定程度上影响了行善者的决心和态度，更影响了有志于行善、正准备加入行善者的人们的判断，导致行善的风气得不到发扬光大。

事实上，我们要知道，正如一位电视台主持人总结的一些网上言论，面对人们遭受的灾难：“捐了，骂！不捐，骂！捐少了，骂！捐多了，骂！捐了不说，骂！捐了就说，骂！捐了不说骂完再说，更骂！”但是，一般在骂人的人都没捐。行善积德，不仅是中华民族的优良传统，也是全世界公认的伟大事业。可是，在行善的过程中，我们发现总会出现这样那样的杂音，总会出现各种质疑的言论。而总喜欢质疑行善的意义和效果的人，他们往往自己不肯行善，却又想让自己振振有词、心安理得。于是，他们故意攻击那些行善的人和行善的行为，以使自己阴暗的内心得到安慰。也许他们没有意识到，他们这样的行为已经是在作恶。因为他们是在影响行善者的判断力，他们通过泼冷水的方式来浇灭别人行善的热情，他们用言论来阻挠行善的行为，导致许多本来可以得到帮助的人得不到帮助，导致许多本来不会发生的悲剧最终发生。这样的人，已经实属恶人。

我们尽量让自己成为一个善良的人，尽自己的所能去做一些善事、好事，去影响别人也一起加入行善者的队伍中来，只有这样，这个社会才会更加和谐，我们的生活才会更加美好。对于那些不肯行善的人，我们不强求，但他们至少应该做到不妄言、不捣乱，不散布谣言，不以讹传讹，更不应该去阻挠别人行善，否则就是一种作恶，就是一种作孽，就会受到人们的唾弃。

做个善良的人，做一些力所能及的善事，或者多为别人的行善鼓掌，为行善营造良好的氛围，是我们每个人的责任，也是我们每个人的光荣。

不要留下人生污点

苹果有一小部分腐坏了，人们会说：“这是一个坏苹果。”人们不会买这样的苹果，无论摊主怎么解释这个苹果的大部分是好的都没用。

人们只看污点，一个人一旦在人生中有了污点，人们就不会再称其为好人，就不会再对他有赞美之词。

南宋宰相秦桧，由于卖国求荣，陷害忠良，因此受到世人唾骂。直到现在，民间还叫炸油条作“油炸桧”，表示了人们对秦桧的憎恨。

那么，历史上的秦桧是不是就一无是处呢？当然不是，皇帝赵构再怎么愚蠢，也不会让一个窝囊废来当宰相。其实说起来，秦桧还是个“大才子”，并且也曾经以“忠臣”的面目出现在历史舞台上。他曾经是徽宗政和五年的头名状元，写得一手好文章，“词学兼茂，才华卓绝”。靖康元年，金兵围攻汴京，要求割中山、太原、河间三镇，当时的宰相李邦彦、白时中、张邦昌等一致认为可以割让。秦桧却上疏反对割让三镇，并提出兵机四事。第二年，徽、钦二帝被俘，金人立张邦昌为伪楚帝，秦桧又申状到金营反对立张邦昌，要求仍旧在皇室宗亲中选一人为帝，并在申状最后说：“桧不顾斧钺之诛，言两朝之利害，愿复嗣君位，以安四方。”当时朝野上下都对金国的军威胆战心惊，秦桧能够不畏杀头之祸，递交这样的申状，令大家敬佩不已，一致称赞他是忠臣。然而，后来的秦桧在金营稍受折磨，便变节了。

如今提到秦桧，人们都是鄙夷与愤怒，没人会说他是个大才子，曾经是个忠臣，因为他人生的污点已经掩盖了其他所有的光环。

汪精卫投降日本，做了头号大汉奸、卖国贼，可是人们不愿提起的却是，他年轻时也曾经做过“义士”。当时正值镇南关、河口等起义失败，同盟会成员情绪日渐消沉，年轻的汪精卫想刺杀摄政王载沣以激励革命，于是邀黄树中、喻培伦、黎仲实等一起前往北京从事暗杀。那时汪精卫是带着必死的决心前往的，他在给胡汉民的信中写道：“此行无论事之成否，皆必无生还之望……弟虽流血于菜市街头，犹张目以望革命军之入都门也。”行动失败被捕，汪精卫在监狱里写下绝命诗“慷慨歌燕市，从容作楚囚。引刀成一快，不负少年头”。这首绝命诗体现出了视死如归的豪气。尽管这次刺杀行动失败，但得以侥幸被释放的汪精卫却威望大增。然而，后来汪精卫却成了日本帝国主义的傀儡，成了历史和人民的罪人。

如今提到汪精卫，人们都是义愤填膺，想到的都是他无耻的卖国行为，自然不会对他曾经刺杀载沣的义举津津乐道了，因为他人生的污点已经令他所有的东西黯然失色。

人们只看污点，无论污点是大还是小，因为污点比优点更抢眼。因此，我们要谨慎地走好人生的每一步路，尤其在大是大非问题上，绝不能留下任何人生污点。没有污点，优点就会更抢眼。

丢买卖留人心

世界 500 强企业之一的“家得宝”(Home Depot)是一个从事传统零售行业的企业。他的创始人伯尼·马库斯曾经跟朋友有过这么一段精彩的对话。

“伯尼,你经营的那家大公司很快就要关门破产了,但你现在还蒙在鼓里。”

“为什么这么说呢?”

“那我告诉你缘由吧。这个星期我家的旧水龙头坏掉了,因此我去到你们的一家店,准备花 200 美元买一个新的,谁知你们店里有个笨伙计却仔细询问我旧水龙头坏在哪里,并告诉我如何只需要花 1.5 美元就可以把它修好。兄弟,你看,你的店员就是这样帮你丢掉买卖的。”

“哦,那你可以告诉我那个店员是谁吗?”

“我可不能这么做,因为你会将他解雇掉的。”

“你错了,我的朋友,我不但不会解雇他,反而还可能会提拔他。”

“提拔他?你有没有搞错?能说说理由吗?”

“因为那个店员做得很对,那也正是我的想法。我们的目的就是为顾客省钱，而不是把顾客没必要的东西卖给他们，让他们多花冤枉钱。那么，现在我问问你，如果你的水管再出问题，你会找谁去？”

“当然是那个店员。”

“那就对了，这正好证明了我们的人是多么优秀。我们最看重的不是做成这笔买卖，而是培养顾客。”

马库斯的经营智慧不能不令人钦佩。其实做买卖，最重要的是留住顾客的心，因为只有这样，才能使自己“财源不断”。而那种雁过拔毛的做法，只会让顾客寒心，光顾了一次就不会再回头来第二次。

切实为顾客着想，真诚地为顾客省钱，这样才能赢得顾客的心，才能在良好的口碑中吸引更多的顾客，从而将生意越做越大。

诚信可以渡难关

李嘉诚投身塑胶行业时，正值塑胶行业的新兴时期，发展前景十分广阔。当时刚20岁出头的他见塑胶制品加工投资少、见效快，便毅然辞去了在一家塑料玩具厂所担任的总经理职务，用平时省吃俭用的积蓄和从亲戚处筹来的7000美元创办了自己的"长江塑胶厂"。由于市场需求量大，李嘉诚手里很快就拿到了一大批订单。

为了赶工交货，李嘉诚即时招聘了一批工人，只经过短暂的培训就让他们单独上岗了，并且实行三班倒工作制，让工人们加班加点，昼夜不停地出货。

然而，由于当时李嘉诚缺乏资金，厂里购买的都是一些被别人淘汰的旧机器，生产设备非常落后，年轻的李嘉诚又一味求快、一味求多，于是很快招来恶果。一家客户愤怒地官称他的塑胶制品质量粗劣，要求退货。李嘉诚仿佛被当头一棒，立刻蒙了。他手里攥着的那一把订单仿佛成了一枚枚定时炸弹。很快，他的仓库里就积满了因质量不合格和延误交货被退回的玩具成品。客户们纷纷上门要求索赔。一些新客户上门考察他的工厂和产品，看到这种情形后马上掉头就走。

产品积压,没钱进账,原料商不停地催缴原料货款,银行也派职员来催贷款。这对李嘉诚来说,无异于雪上加霜。此时,进退两难的李嘉诚感到痛苦不堪。

拖着一身的疲惫,李嘉诚回到了家里。他的母亲庄碧琴了解到他的处境后,给他讲了这么一个故事:以前,潮州府城外的桑埔山有一座古寺。云寂和尚已是垂暮之年,他知道自己在世的日子已经不多,就把他的两个弟子一寂和二寂召到方丈室,交给他们每人一袋谷种,要他们去播种插秧,到谷熟的季节再来见他,到时看谁收的谷子多,谁就可以继承衣钵,做庙里的住持。然后云寂和尚整日关在方丈室念经。到稻谷成熟时,一寂挑了一担沉沉的谷子来见师父,而二寂却两手空空。云寂问二寂为什么没有挑谷子来。二寂惭愧地说,他没有管好田,谷种没有发芽。云寂便把袈裟和瓦钵交给二寂,指定他为未来的住持。一寂不服,师父说,我给你俩的谷种可都是煮过的呀。

听了母亲的话,李嘉诚顿时如醍醐灌顶——是啊,诚实才是做人处世之本,才是战胜一切的不二法门哪。李嘉诚为自己的浮躁而付出的代价流下了悔恨的泪水。

第二天,李嘉诚回到厂里,立即召开了员工大会。在会上,他坦诚地承认了自己因为贪大求多而导致的错误,向这些天加班加点却被他无端责骂的员工赔礼道歉,并表示一旦经营有了转机,辞退的员工都可以回来上班,如果找到更好的去处,也不勉强。并保证从今以后与员工同舟共济,绝不用损害员工利益的方式来保全自己。

随后,李嘉诚对银行、原料商、客户进行一一拜访,向他们诚挚地道歉,并坦陈了当前自己工厂的窘况,恳求他们放宽限期,表示自己一定会偿还欠款,对该赔偿的罚款,也必定会如数付账。李嘉诚的诚恳态度，打动了他们中的大多数人。银行放宽了他的还贷期限，原料商也延长了他的付款期限。

银行、原料商和客户给了他一定的回旋余地。李嘉诚非常珍惜他们的这次宽容，为了解决积压的产品，他立刻抽调员工对积压产品进行了分类：一类是有机会做正品推销出去的；一类是款式过时或质量粗劣的。然后他亲自马不停蹄地到市区推销，将正品卖出了一部分，再将剩下的全部产品以极低廉的价格，卖给专营旧货次品的批发商。他在制品的质检卡片上，一律盖上"次品"的标记。李嘉诚陆续收到货款，分头偿还了一部分债务。

1955年的一天，李嘉诚召集员工聚会。他首先向员工鞠了三个躬，感谢大家在他最困难的时候对他的理解和支持。随后，他激动地向大家宣布："我们厂已基本还清各家的债款，昨天得到银行的通知，同意为我们提供贷款。这表明，长江塑胶厂已走出危机，将进入柳暗花明的佳境！"

在后来的岁月里，李嘉诚一直把诚信作为自己一生的追求。凭着自己诚信经营、以诚致富的优秀品质，他赢得了全香港乃至全世界的尊敬和赞誉。

诚信，是一种优秀的品质，是人与人之间交往的最佳桥梁，是我们赢得友谊、赢得信任的最好工具。

大树底下难乘凉

许多人都梦想自己能出身在显赫家庭，那么，自己就可少奋斗很多年甚至不用奋斗就可以衣食无忧了。然而作为世界首富巴菲特的儿女们——霍华德、皮特和苏茜，却丝毫享受不到"大树底下好乘凉"的优越感。

"亲爱的爸爸，我想在奥马哈北部弄个农场来经营。"有一天，大儿子霍华德这么对巴菲特说。

霍华德只上了一年大学就退学了，因为他想尽快从事自己感兴趣的工作。

"行啊，你很有自己的主意。"巴菲特微笑着说。

"我想买下一个农场，可是我没有钱。爸爸，你是否可以支援我一些钱呢？"霍华德可怜兮兮地说。

巴菲特沉思了一会儿，说："我可以买下一个农场，但不是给你的，那是我的财产。我只能把这个农场租给你，你必须按期缴纳租金，否则我立即收回。"

霍华德想不到会是这样的结果，要知道，他只是一个刚退学回家的孩子，父亲这样的要求使他产生的艰难可想而知，但他丝毫没有办法，只好答应一定照办。

又一天，小儿子皮特犹豫了很久，终于鼓足勇气来到巴菲特面前："爸爸，你要知道，我热爱音乐事业，音乐是我的生命。"

巴菲特微笑着说："我知道，我很支持你从事自己所热爱的事业。"

皮特见父亲表示了对自己的支持，急忙趁机说："爸爸，我准备搬到密尔沃基市去发展我的事业，万事开头难，我想请你借些钱给我。"

巴菲特一听说要借钱，立刻摇了摇头："这个要求我不能答应。我对你音乐事业的支持是限于金钱之外的，钱会让我们纯洁的父子关系变得复杂。"

皮特听了，气愤地说："算了，我不会再求你了！"于是，他去银行贷了款。

这是皮特第一次也是唯一一次向父亲开口借钱。

长女苏茜了解父亲的脾性，干脆从不向巴菲特开口要钱。她曾在华盛顿哥伦比亚特区担任《美国新闻与世界报道》节目编辑的行政助理，每月领着525美元的薪水，但她毫无怨言。

霍华德、皮特和苏茜从来不对巴菲特的财产打任何主意，因为巴菲特明确地对他们表示："如果能从我的遗产中得到一美分，就算你们走运。那种以为只要投对娘胎便可一世衣食无忧的想法，损害了我心中的公平观念。"对于巨额财产如何分配，巴菲特曾表态，在他死后，他的全部股权将归属家庭的慈善基金会。

不让子女们在大树下乘凉，那是因为巴菲特想让他们自己长成一棵大树。

霍华德经营着自己的农场，体验着自食其力的快乐。巴菲特一家的朋友迈克尔·延瑞这样评价霍华德说:“他非常聪明、能干,但是尤为重要的是,他继承了他父亲身上那种诚实、正直的美好品质。”

皮特专注于自己的音乐事业,也颇有收获,他为凯文·科斯特纳导演的第63届奥斯卡最佳影片《与狼共舞》中的舞蹈场景配乐,获得了那一届奥斯卡最佳音乐和最佳音效奖。回忆起自己向父亲借钱遭拒的情景,他非常感激父亲那时的“抠门”:“在还贷的过程中,我学到的远比从父亲那里接受无息贷款多得多。现在想来,父亲的观点对极了。”

苏茜成了一名家庭主妇,但并不是一个无所事事的阔太太,她整天最忙碌的事情就是如何在慈善事业上发挥作用,人们都对她的善良与博爱表示赞叹。

·让服务变得更贴心

台湾首富王永庆在业内有“经营之父”的美誉，这位当年穷困潦倒的少年是怎样迈出他经商之旅成功的第一步呢？

王永庆祖上几代都以种茶为生，只能勉强糊口。在王永庆9岁那年，他的父亲不幸卧病在床，全家人的生活重担全都落到了母亲肩上。王永庆勉强读完小学，就因为家里无力负担而不得不放弃了学业。

15岁时，不甘心被命运打倒的王永庆决定走出山区，另谋出路。他一个人孤零零地来到台湾南部的嘉义县县城，在一家米店里当上了小工。聪明伶俐的王永庆，非常珍惜这个来之不易的机会，他除了完成自己送米的本职工作以外，还处处留心老板经营米店的窍门。

第二年，王永庆请求父亲帮他借了200块钱作本钱，自己在嘉义开了家小小的米店。然而，王永庆还没有从拥有自己店面的兴奋中走出来，就马上遇到经营困难——隔壁的日本米店具有很强的竞争优势，而城里的其他米店也都有各自的老顾客，他们都习惯到熟悉的米店买米。于是，王永庆的米店一天到晚都是冷冷清清，门可罗雀。

怎么办呢？王永庆心里急了，如果这样下去，不但自己无法还清开店时的借款，甚至连生活都无法继续。

王永庆每天都对着自己店里的大米发呆。有一天，他忽然眼前一亮，计上心来。原来，那时候的大米加工技术比较落后，出售的大米都掺杂着米糠、沙砾，买卖双方都见怪不怪。但为此，顾客每次淘米煮饭前，都要先将米糠、沙砾选净，颇为麻烦。王永庆心想：如果我的米比别人干净，让顾客煮饭时更方便、更省心，那他们肯定就会买我的米。

说干就干，王永庆花了大量时间，将米堆里的米糠、沙砾全部选了出来。然后，他背上干干净净的米，兴冲冲地来到附近的居民区，一户一户地走访、推销。看了他袋里干净的大米后，一些住户终于动了心，同意试用他的米。

见有人同意买自己的米后，王永庆高兴不已，他主动要求帮人家将米倒进米缸里。当他看到有的米缸不太洁净时，他又主动帮人家清洗米缸。如果米缸里还有陈米，他就先帮人家掏出陈米，再倒入新米。

在主动为顾客送米上门的同时，王永庆还细心地收集买主家里用米的情况，把买主家里有几口人，每天大约要吃多少米，家里的米还能吃多少天，都一一记录在一个小本子上。当顾客家里的米快要用完时，他们往往就能惊喜地看到，王永庆已经扛着一袋米，精神抖擞地站在他们家门前。

王永庆无微不至的服务赢得了买主们的交口称赞，于是一传十、十传百，他米店的生意很快就旺了起来，营业额大大超过了同行店家。

有了资金后，王永庆又开了一家碾米厂，自己买进稻子碾米出售，这样不但利润高，而且米的质量也更有了保证——他将服务做到了更细一步。

王永庆就是凭着这种要将服务做到最细、让服务变得更贴心的精神，为自己后来成为商界大腕拉开了良好的开端。

·把理由告诉他们

第二次世界大战时，美国为了尽快结束战争，制订了“曼哈顿”计划，以开发原子弹。罗斯福总统赋予这一计划以“高于一切行动的特别优先权”，由军方全权实施。

这项工程极其复杂，因此在工程管理区内，会集了以奥本海默为首的一大批来自世界各国的科学家。科学家人数之多简直令人难以想象，在某些部门，带博士头衔的人甚至比一般工作人员还要多，而且其中不乏诺贝尔奖得主。

然而，尽管人才荟萃，但工程进度却很慢，并且成效不大。原来，由于这是一项绝密计划，当时在“曼哈顿工程区”工作的15万人当中，只有 12 个人知道全盘的计划。全体人员中很少有人知道他们是在从事制造原子弹的工作，因此他们也不可能了解这些工作的实际意义，也不会对工作产生真正的兴趣。

当时负责技术监督工作的李察·费曼（Richard Feynman），为了突破这个困境，费尽口舌说服上级，要上级同意对这些人说明：他们正在做什么，理由何在。结果获上级批准，由计划主持人奥本海默向这些杰出工程师们说明了“曼哈顿”计划的本质。

在了解到他们的工作可以结束战争的重大意义之后，全体工作人员的工作积极性立刻高涨起来，工作效率也得到了惊人的提高。许多工作人员自愿留下来加班加点，毫无怨言。经过全体人员的艰苦努力，原子弹的许多技术与工程问题得到解决。1945 年 7 月 15 日凌晨 5 点 30 分，美国第一颗原子弹“胖子”试验成功。

“曼哈顿”计划的成功显示出内部交流、信息沟通是多么重要！无论是一个企业，还是一个团队，要想激发起成员的工作积极性，除了应制订好正确的目标和计划外，还必须让成员分享信息，尤其是完成工作所需要的信息、衡量工作成果的信息、他的工作如何对整体产生贡献的信息，让成员知道自己的工作意义、工作范围。

有了充分的工作理由，就有了努力工作的激情和无限的创造力。

尊重别人的缺点

有位女演员，年轻漂亮，演技精湛，因为担任一部好莱坞大片的主角并拿了大奖，回到国内立刻受到大家的热捧，媒体铺天盖地地报道关于她的一切，将她描述得完美无比，访问、广告等业务应酬令她应接不暇。

这天，一个很有名的电视节目邀请她去做访问。按照预先的沟通，节目的安排主要是由主持人就女演员的成长经历、影片的拍摄过程和她的感想等与她进行对话。节目现场安排了许多她的影迷。

一开始，一切按照原有计划正常进行。在主持人的提问下，女演员侃侃而谈，现场气氛轻松而愉快。

可是就在节目差不多结束的时候，主持人突然提议说："你长得这么漂亮，身材这么完美，大家在电影里都目睹了你的风采，但都没听过你的歌声。今天这么多影迷在现场，我想大家都跟我一样有个强烈的愿望，就是希望你现场为大家演唱一首你最拿手的歌，让大家感受你动人的歌喉。"主持人说到这里，大声问现场观众："大家说，好不好？"然后将话筒对着台下的观众。观众们马上齐声喊道："好！来一首！来一首！来一首……"并且掌声如雷。

这项内容并不在原来的节目计划中，女演员被这突如其来的小插曲惊呆了。她愣了十几秒钟，然后尴尬地对着话筒说："其实我是个五音不全的人，我真的不懂唱歌，希望大家见谅。"

然而她的表态被大家认为是谦虚，现场的掌声更加热烈了，呼喊声也一浪高过一浪："来一首！来一首！来一首……"主持人也笑着催促道："你就别谦虚了，你看大家都等不及了。大家是多么希望听到你的歌声，千万不要让观众带着遗憾离开现场呀！"

女演员沉默了好一会儿，咬了咬嘴唇，点点头说："好吧，既然大家一定要我唱，我就唱了。"

大家都开心地等待着女演员美妙的歌声。

音乐响起来了，女演员唱了起来。

令主持人和现场观众大跌眼镜的是，女演员的歌声非常难听，不但跑调，而且连音乐节奏都跟不上。

女演员坚持把一首歌唱完后，台下顿时鸦雀无声。主持人也愣在那里，尴尬至极，不知道说什么好。

女演员扫视了一下大家，从表情看出了大家的失望，微微一笑，说："现在大家该相信了吧？我真的是个五音不全的人。本来我不想唱，但大家这么热情，我不唱，大家一定会认为我是在耍大牌。后来我决定唱，也想通过这件事告诉大家——我并不是你们看上去的那么完美，我的一些缺点比普通人还要大。"

一些成功人士看上去非常完美，但其实他们都会有自己的不足之处。学有专长，千万别硬要别人表现自己不擅长的领域，否则就是强人所难了。尊重别人，既要尊重别人的优点，同时也要尊重别人的缺点。

第五辑

生活的智慧

生活在一个大千世界中，我们每天都会遇到不同的人、遇到不同的事。我们经历着各种酸甜苦辣，经历着各种喜怒哀乐。懂得生活的人，会通过改变自己的生活态度，转换自己的思维方式，让自己生活得更睿智、更快乐。不懂得生活的人，在千变万化的生活中，经常是手足无措、无法适应，于是变得彷徨、失望。拥有生活的智慧，我们才能够智慧地生活。

别做超过必要的事情

麦可是一家公司的高层领导，他每天工作都很忙，回到家经常已经是全身疲惫不堪。

麦可的太太是一个很勤快的人，她知道丈夫工作上很辛苦，特意每天用丰盛的晚餐来“犒劳”丈夫。每天晚上，麦可的太太都要花上两个小时来准备晚餐，因为她要烧一大桌菜。其实丈夫和她根本吃不了这么多菜，可是她认为必须有这么多品类的菜才能让辛苦工作的丈夫感到欣慰。

吃完晚餐后，麦可会主动承担起清理餐桌、洗碗洗碟的任务——毕竟太太花这么多时间做这么丰盛的晚餐，已经很劳累了。由于晚餐过于丰盛，“打扫战场”也是一件很辛苦的事，那么多的碗碗碟碟，洗起来也要花费近一个小时的时间。

本来，这一切看起来是很温馨、很美好的事情。可是，长期如此，麦可觉得这已经成了一种沉重的负担。

有一天，麦可对自己最要好的朋友尼克吐露了心声：“尼克，你知道吗？其实我真的感到很累，每天我和太太花在晚餐上的时间，从做饭到吃饭到清理，加起来至少达到3个半小时。一个美好的晚上就这样浪费掉了，本来这些时间我们可以做很多更有意义的事情。”

尼克疑惑地问：“那你为什么不把想法直接告诉你的太太呢？”

麦可叹了口气，说：“我担心会伤害到她，毕竟她这么用心、这么辛苦地为我准备晚餐。”

尼克拍了拍麦可的肩膀，说：“你们还要继续在一起生活下去，与其这样压抑自己的情绪，还不如直接对她说吧。互相理解对方的想法是婚姻存在的基石。”

麦可沉思了一会儿，他觉得尼克说得很有道理，于是用力点了点头：“对，我应该直接告诉她我的想法，虽然可能一时会让她觉得难堪和难过，但从长远来说，这对我、对她都会更好。”

晚上，麦可回到家，吃完了妻子为他准备的丰盛晚餐后，轻声地说：“亲爱的，我一直想对你说，但又害怕惹你不高兴。其实，我觉得我们没有必要天天准备这么丰盛的晚餐，没有必要炒这么多我们吃不完的菜。最重要的是，我们把太多的时间花在这顿晚餐上了。如果我们把晚餐简单化一点，我们是不是可以抽出更多的时间出去散散步、看看电影，或者做些其他我们想做的事呢？”

出乎意料的是，听了麦可的话后，他的太太并没有感到伤心和气愤，相反，她也点了点头，说：“亲爱的，你说得对极了，其实我也这么觉得。只是一直以来，我以为你会喜欢这样的晚餐，所以尽管自己也很累，却一直坚持了下来。那么，以后我们还是把更多的时间用在做其他事情上吧。”

就这样，麦可和他的太太省下了大部分晚餐的时间，把时间更多地花在了他们想做的事情上，晚上的珍贵时光变得更加美好。

不要鞠躬尽瘁地去做别人根本不重视、自己又劳心劳力的事情。但是,你怎么知道他们重视什么？那就直接问！我们要努力省下时间,去做一些对自己和他人更有需要、更有意义的事情。

不是每一种劝告都听从

有一只百灵鸟很想到北方旅行。它的脑海里浮现出北方与这里完全不同的美好景色,心中无比憧憬。

于是,百灵鸟准备出门了。

“百灵鸟兄弟,你这么神色匆匆,是要去哪里呀?”喜鹊问。

“我要去北方旅行了,听说那边有个岛非常美丽。噢,我太向往了,以至于我有点迫不及待了。”百灵鸟兴奋地说。

“可是,我听说北方天气非常冷,如果你的身体被冻僵了怎么办?那可是会送命的呀。”喜鹊说。

“应该不会冷成那样吧?”百灵鸟犹豫了一下,但还是打算向北方飞去。

路上,百灵鸟遇到了夜莺。

“百灵鸟兄弟,你好像要出远门的样子?”夜莺说。

“是呀,我要去北方旅行,听说那边有个岛风光很好。”百灵鸟说。

“可是,我听说去北方路途非常遥远,你又不熟悉路线,如果在喝水或者找食物时被别人用网捉住了怎么办?那可是会送命的呀。”夜莺说。

“应该不会那么倒霉吧？”百灵鸟有些迟疑，但还是硬着头皮向北方飞去。

路上，百灵鸟又遇上了孔雀。

“百灵鸟兄弟，看你的样子，是准备要离开这里？”孔雀说。

“是呀，北方有个很有名的岛，我想去看看。我很快会回来的。”百灵鸟说。

“那可千万去不得啊，百灵鸟兄弟，我听说北方的猎人很厉害，很多飞鸟都被他们打死了。我劝你还是回去吧，那可是要送命的呀。”孔雀焦急地说。

百灵鸟的心彻底动摇了，只好沮丧地飞回家去。

直到现在，百灵鸟仍然没有实现去北方旅行的梦想。

人言可畏。如果没有坚定的目标和持久的毅力，就很可能败于人们的议论中，从而失去实现梦想的机会。

当我们计划做什么事情的时候，经常会有一些人出来给我们以“忠告”“规劝”，一些人提的意见和建议确实非常客观实在、非常有道理，对做好我们的事情、完成我们的计划非常有益，对我们分析不利因素、未雨绸缪非常有帮助。对于这些意见和建议，我们应该认真听取，虚心接纳。可是也有一些人说的话本身也是道听途说、以讹传讹，或者总是夸大其词、危言耸听，结果还真有很多人被“吓住”了，尤其是当不止一个人这么说的时候，很多本来信心百倍要去追求和实现自己梦想的人，结果也慢慢开始怀疑和动摇了，最后放弃了自己的计划。

大家都曾经有过梦想，可是最终能实现梦想的人并不很多。许多人也曾经豪情满怀，要为梦想而努力奋斗，然而一路走来，他们的信心却被一点一点地磨掉。有的人确实是因为自身条件达不到，但很多人的梦想却是毁灭在“人言”中。很多人在参加高考后，准备填报志愿时，他们本来可以选择自己很感兴趣的专业，本来可以乘上实现梦想的小舟，可是父母、长辈、亲戚、朋友往往都会在这时候出来对他们进行劝告：“你想报考的专业在社会上很冷门，大学毕业后不好找工作；即使找到了工作，工资待遇也很低。”“你想报考的专业在社会上没什么身份地位，没有太大的发展空间。”……他们会举出这样那样的事例，来想方设法地说服你听从他们的意见，他们会告诉你哪样专业在社会上最吃香，哪样专业将来最有前途，哪样专业将来可以挣大钱。于是，没有社会经验的学生们，往往都容易听从长辈们的劝告，放弃自己感兴趣的专业，报考那些自己不喜欢但是“听说很有前途”的专业。梦想，就这样破灭了。

有的人曾经想过要投资做生意，可是马上就有人出来“规劝”：“经商风险很大，商界中尔虞我诈，骗子非常多。经商需要拥有广泛的人脉，需要拥有复杂的人际关系，不然你就会受到各种刁难。很多人经商不但没赚到钱，而且家财败光，欠下了巨额债务。你还是不要去涉这趟险滩为好。”有的人想搞个发明，可是马上就有人出来泼冷水：“你想的那个发明，多少人都曾经想过，多少科学家、这方面的专家都曾经研究过，但是哪有这么容易？直到现在他们都没有发明出来。就凭你，又不是这方面的专家，又没有受过专业知识的训练，怎么可能成功呢？我劝你还是早点放弃这样的想法，脚踏实地做好自己的本分吧。”有的人想跳槽换一份工作，可是马上就有人出来“劝告”：“你知道现在要找一份工作有多么难吗？现在有多少人失业？有多少刚毕业的大学生在努力找工作？你这么一辞职，到时新工作找不到，想回来老板也不要了，到时衣食无着落，一日三餐都成问题。而且，如果你想换另外一类的工作，那不是你熟悉的领域，一切都得从头开始，工作上很难有所成就的。”……

说的人多了，本来跃跃欲试的你，可能就因此而打住了，于是一辈子就这样平平淡淡地度过，把自己的梦想完全埋到了岁月的尘埃里。将来等你老了，也许你会扪心自问：“如果当时我执意去做了，我的梦想真的就有这么难实现吗？”可是那时后悔也没用了。

我们的人生中，无论什么年龄段，都总会听到各种各样的劝告。大多时候，别人的劝告也是出于好心。可是，并不是所有的劝告我们都应该听从。我们要学会分析、学会判断，即使很多人这么说，我们也不能盲目地相信。有的劝告很有价值，可以令我们少走弯路或者不走弯路；但有的劝告没有价值，甚至会打击我们的自信，阻碍我们前进的步伐。

一个人要想获得别人不能获得的成功，一个人要想生活得与众不同，那就必须拥有一颗特别的心灵，拥有自己独特的想法，并且一旦认定了目标和梦想，就必须坚持不懈地追求，不要太在乎别人的议论，不要太在乎世俗的眼光。只要你一旦下了决心，就要风雨无阻，就要努力到底。

不要把自己压垮

有一个壮汉，力气很大。他到码头去做搬运工。为了显示自己的力气大，同时也为了可以多赚些钱，他每次扛东西都比别人多一倍：别人扛一袋，他就扛两袋；别人扛两袋，他就扛四袋。

“你们看，这个汉子多厉害，做工勤奋努力，你们要向他好好学习！”老板看到壮汉的举动，非常高兴，当众表扬了他。

壮汉感到非常激动、非常开心，做工的时候更加卖力了。工友们都对他竖起大拇指，夸赞他真能干、真了不起。

老板非常看重他，有活就优先请他做，尤其是重活，必然少不了他。领工钱的时候，他领到的工钱总比其他工友多，心里非常开心；同时，他享受着老板的器重和其他工友的赞誉，心里非常满足。

然而，日积月累，他明显感觉自己的身体吃不消了，扛着比别人重一倍的东西，气喘吁吁，双腿打战。这是怎么回事呢？为什么我会感觉体力下降了？他心里充满了疑问。他本来也想减轻一下负担，跟其他的工友一样，扛一样的重量。可是，他心里直打鼓：如果我现在扛得跟其他人一样多，老板会怎么想呢？他一定会觉得我不肯卖力了，一定会觉得我是故意偷懒，因为他一直都知道我能扛更多的东西；而且，工友们一定会嘲笑我，嘲笑我能力降低，或者也觉得我在偷懒；我领到的工钱也会少下来，妻子一定也会有意见。于是，他害怕失去老板的器重，害怕会被其他工友嘲笑，害怕回到家里挨妻子责骂，尽管累得不行，他仍然咬着牙坚持。

最终，这个壮汉倒在了工地上，再也没有站起来，年纪轻轻就失去了生命。

在这个竞争异常激烈的社会，许多人为了出人头地、为了多赚些钱，总是不断地给自己加压，希望通过比别人付出更多来获得更丰厚的回报。他们每天都努力工作，能不休息就不休息，能多干一些活就多干一些活。当他们的努力被上司欣赏之后，他们更加认为自己通过这样的方式，很快就能得到提升，觉得自己的前途一片光明，所以现在比别人多付出，现在累死累活，从长远来说，这都是值得的。然而，当这种加压一旦变成了习惯，就很难回头、很难再减压。因为一旦放慢自己的脚步，减少自己的工作量，不再经常加班，他们就担心上司和同事们看轻自己，觉得自己变得不再努力、不再勤奋，担心自己的前途受到影响。可是，长期这样下去，久而久之，他们身上的负荷越来越重，心理压力也越来越大，最终把自己彻底压垮了。

如何活得理性，如何活得智慧，关键还要看我们的心态。把一时的收获看得太重，把成功要趁早、年轻要拼命当作信条，不顾自己的身体条件，不断给自己加压，很可能得不偿失。健康最重要，没有了健康，一切名利终将归零。每个人都应该科学合理地安排时间、安排工作，在身体条件允许的情况下勤奋工作，但绝不可以去做一些超越自己承受范围的事情。千万不可以不顾身体健康，急功近利，不断地加快前行的步伐，不断地给自己加压，使自己不堪重负，最终酿成无法追悔的苦果。

眼光不要放在一时，要放在一世。生活不易，生命脆弱，我们必须珍惜健康，珍爱自己，因为身体比金钱和荣誉重要一万倍。不要为了一时的成功而牺牲了健康，不要为了一些虚名而拼命做一些不值得做的事情，无论你在别人眼中再优秀，无论别人给你多么美好的承诺，如果你的身体垮掉了，你的一切也就完了。所有的努力，最终都是白费力气。

有的人说，我也不想压垮自己，但我的上司才不顾我的死活，总是不断地给我加压，令我无法喘息。如果你真的遇上这样的上司，你就应该直接跟上司提意见，要求保证自己的合法权益。如果你的上司是一个不顾下属死活的人，要你天天加班，要你永远做到工作排在第一位，让你牺牲所有属于自己的时间，那么在无法争取到自己合法、合理的休息权的情况下，宁愿毅然辞职，也不要让自己的身体累垮。钱可以少赚点，但是对于健康，我们永远也不能妥协。身体累垮了，就难以复原了；即使重新休养，也往往难以健康如初，而且休养的时间成本会更大。

与其等到失去健康时才后悔，不如现在就开始高度重视自己的健康。永远都不要把自己累垮——为了你自己，为了你的家人，为了所有关心你的人。

不要活在回忆中

有个中年人来到一处泉眼处，默默地盯着清澈的泉水，忽然内心涌起一股强烈的感伤，号啕大哭起来。

一名僧人经过，问中年人为何如此伤心。

中年人回答说："刚才我看到清澈的泉水，感觉它是那么的美好，便禁不住陷入遐思之中；可是等我回过神来，那泉水便一去不复返了，我真后悔刚才为什么没有用手将它掬起，品尝一下它可口的味道啊！"

僧人说："可这里不是仍然有着满满的泉水吗？它们并不会比刚才流去的泉水的味道差呀？"

中年人摇头叹息说："我知道，可是毕竟不是刚才的泉水了。"

僧人微笑着说："这有何难呢？你现在跑到山下去，尚可以饮到先前的泉水。"

中年人止住哭声，拍拍自己的头，说："对啊，我怎么没想到呢？我记得水面上浮着一片落叶。落叶到时，便是我要饮的先前的泉水了。"然后，他撒腿就往山下跑。

到了山下，见叶漂到，中年人捧起泉水，迫不及待地喝了起来。

然而，他这才发现，泉水并没有他所期待的那么甘甜，因为经过日照，也没有那么清凉了。于是，他又忍不住叹息起来。

僧人下得山来，问中年人："你饮到先前的泉水了吗？"

中年人情绪低落地说："饮了，可是并没有我想象中的那么可口，现在我的心反而有些失落了。"

僧人微笑着说："现在你应该明白了，你一心去追忆那些已经流逝的东西，其实，那些过去的东西并没有你想象中的那么美好；等你再回到泉眼旁，你会发现，那些刚冒出来的泉水，味道才是最甜美的。如果你不懂得珍惜眼前，眼前的美好便很快也会变成过去，如此下去，你就只能一直不停地后悔、嗟叹了。"

悲观的人容易活在回忆里，乐观的人活在当下、展望未来。时间犹如一个沙漏，会过滤掉我们的许多往事，然后有选择性地保留一些东西。对现实不满意的人，如果又没有其他的梦想，没有其他的向往和追求，精神没有其他的寄托，于是就容易活在自己的回忆里。正因为一些往事不能追回而使他们觉得过去很美好，因为得不到的一些事物而使他们变得更加渴求。其实，你苦苦想追回的东西，你苦苦想得到的东西，未必就如你想象中的美好，即使得到了，未必就会让你感到满足、感到幸福。

眼前的东西为什么会令你如此不满意？眼前的生活为什么总让你觉得枯燥无味或者充满悲哀？是的，很多事情都不能让我们如意。或许你正面对着事业上的困难与挫折，或许你正在失去你拥有的一些珍贵的东西，或者你正面对着糟糕的人生际遇和人际关系……可是，这些都不应该成为我们忽略眼前生活、放弃享受美好的借口。眼前尽管有一百个不如意，但假如你肯用心地去发现、去体会，你会发现另外一百样值得你珍惜、让你感到无比美好的东西。你可能事业失利，可是你还拥有健康的身体；你可能正经历恋人离你而去的痛苦，可是你还拥有爱你的家人和朋友；你可能刚刚发现梦想破灭，可是你还拥有继续追求梦想的权利……退一万步来说，至少，你还活着。活着就有希望，活着就可以幸福。

因此，眼前的东西不应该让你感到悲哀，未来的事情更不应该让你感到失望。珍惜好眼前，将一切不如意的事情放到一边，用心去观察、去发现、去思考，主动去挖掘，积极去创造，让当前的事物变得更加美好，让当前的生活变得更加有趣。只要我们肯用心，我们就能够创造出属于我们自己的幸福。珍视我们的未来，为未来构建一个美好的梦想，始终对未来保持着丰富的想象，对未来的希望充满信心，并努力为实现未来的梦想而奋斗。

不要活在回忆中，既然那些往事不可以追回，既然过去已经无法改变，那么我们就不要因为沉迷于过去而白白地浪费当前的大好时光；如果我们不懂得珍惜现在的大好时光，在未来的日子里，我们会继续为失去的现在而懊悔不已。一个人在哭自己逝去的时光之际，殊不知现在的时光又变成了过去。

眼前的东西和未来的东西才是最重要的，不要让我们现在还可以抓住的美好事物再次偷偷溜走。就让我们从现在开始，好好珍惜时间，好好珍惜生活，尽情地享受当前生活的美好，积极地为实现未来的梦想而努力。我们的正确态度，将使我们拥有美妙的生活和与众不同的人生。

简单的方法更可贵

有一个很有趣的故事，说的是一家上市大公司引进了一条香皂包装生产线，结果发现这条生产线有个缺陷，常常会出现“空盒”现象——也就是有的盒子里面没有装入香皂。这可是个大问题，因为如果每个盒子都使用人工来检查一遍，效率就比较低了；但不再使用人工来检查的话，总不能将空盒子拿去发货、拿去卖给顾客吧？于是，公司只得请了一位学自动化的博士后来设计一个方案，解决分拣空香皂盒的问题。博士后组织了十几个人，形成一个科研攻关小组，经过日日夜夜的攻关，他们综合采用了机械、微电子、自动化、X射线探测等技术，花费90万元，成功地解决了这个问题。每当生产线上有空香皂盒通过时，两旁的探测器就能检测出来，并且驱动一只机械手把空香皂盒推走。

中国南方有个乡镇企业也买了同样的生产线，也发现了同样的问题。企业老板发现这个问题后非常恼火，找了一个跟他一起去购买生产线的小工过来，对小工下了死命令：“你必须马上帮我想办法解决好这个问题，解决不了你就不用来上班了。”小工不敢怠慢，回到家马上冥思苦想，很快他就想到了办法——他花190元钱买了一台大功率的电风扇，将电风扇放在生产线旁对着香皂盒猛吹，那些空香皂盒由于重量不够，都会被电风扇吹走。

其实有的问题解决起来很简单，关键是要找对方法。很多时候，我们会把问题复杂化，把简单的问题看得很复杂，从来不相信可以轻轻松松地解决那些问题，于是把解决问题的方法想得也很复杂，各方面的担忧，各方面的考虑，各种高深方法的运用，各种精确的计算，各种高科技材料的使用……结果往往把一个小问题变成了一个大课题，解决问题的步骤和方法变得越来越难确定，时间花费得越来越多，成本也变得越来越大。

复杂的解决方法似乎更能显示水平，但简单的解决方法才最可贵。对于一些问题，如果我们肯放空自己，肯静下心来用一些朴素的思维来思考，往往能找到一些简单的方法来解决，操作方便、节约时间、节约成本，这才是真正的大智慧。

我有一个大学同学，毕业出来做了很多工程和生意，虽然也是从农村走出来的孩子，但他已经太久不干农活了，不太吃得了干农活的苦。有一次，他回到农村的岳父家，岳父让他帮助砍一些竹子，把地里缀满果实的砂糖橘的枝干支撑一下，免得沉甸甸的果实压断枝条。我的同学看着眼前的一大片果林，眼睛都发绿了——要知道，一亩地就有100多株果树，这么多的土地上，密密麻麻全是果树，这样用竹子把每一棵果树都支撑起来，那该是多么劳累、多么痛苦的事情？而且竹子支撑往往不太稳固，竹子经常会脱落到地上，以后还得重新支撑。

晚上回到家，劳累了一天的他，连夜就开始冥思苦想怎么才能解决这个问题。之前也有很多人思考过这个问题，但是大家都把这个问题想得比较复杂，发明的东西要么不实用、要么成本高，果农不愿意购买，因此一直还是继续使用传统的方法——也就是用竹子来支撑果树。可是现在竹子越来越少,而且砍伐竹子,再用竹子支撑果树,不但成本大,而且劳心劳力,将来还要经常换竹子,非常麻烦。

我们大学时读的是工业设计专业,虽然我的同学很多年没有从事这个专业的工作了,但还拥有着一定的设计基础。他拿起笔,在纸上画起设计草图来。很快,他就设计出了一个多功能支撑杆。然后,他找工厂帮他生产了样品。当他拿着产品到市场上去推广的时候,许多人都大跌眼镜——他设计的多功能支撑杆竟然如此简单!就一根铁杆,上面加一个滚轮状的塑料品,塑料品上有四个小铁钩,生产成本不过是几元钱。将铁杆插进泥里,绑到果树上,再用绳子一头绑在结满果实的枝条上,一头绑在支撑杆顶上的铁钩上,就能解决好果树的支撑问题。而且将粗绳固定在支撑杆上面的滚轮状塑料品上,将与旁边整排果树的支撑杆连接起来,就可以在遇到冰冻气候的时候,方便地给果树盖膜,保护好果实。

看到我同学做的粗糙的设计图,看到那些无比简单的产品,许多人既感慨又眼红:这么简单的事情,我怎么就没想到呢?可是,一切都已经迟了。我的同学已经申请了专利,一切仿照品都可以被依法追究责任。人们陆续来与他合作,经销他的产品,购买他的产品。

其实,这么简单的设计,按理说应该是很多人都可以想到,可是长期以来,偏偏就没有人做出来。很多人思考过这个问题的解决方法,但都想得太复杂,结果是复杂的产品成本就高,成本一高就难以被人接受。

因此,我们寻找解决问题的方法,应该是由易到难、由简单到复杂,而不是相反。遇到问题时,首先想一想最简单的解决方法是什么,最容易做的事情是什么;如果解决不了,再想到稍微复杂一点的方法,层层递进，直到找到解决问题的最好方法为止。

很多人往往就会有一个思维上的误区，尤其是受过高层次教育的人，容易把简单问题复杂化、把小问题扩大化，总是不愿意相信太容易获得的东西，总觉得不经过一番艰苦努力，不经过一番复杂的思想劳动，就不能获得成功；于是，遇到问题就容易往最困难的地方想，容易钻牛角尖。

寻找简单的方法，需要我们能够放下架子，能够转换思维，能够换位思考，以一颗平常心来看待问题，以冷静的思维来挖掘解决问题的方法。很多人都应该可以想到的方法，未必就是很差的方法；别人都没有能力想到的方法，未必就是最科学的方法。朴素的智慧、简单的方法，有时候也可以创造大成功。

没有永远的基础

有个年轻人想建一栋房子。

他精心准备好了材料，并找人打好了地基。

可是，地基打好后，年轻人就把工程停了下来。

有人问他："你的房子怎么不继续建下去呀？"

年轻人笑着说："急什么，房子我迟早要建好的，地基都打好了，材料都准备齐全了，还担心什么？"

又过了半年，又有人问他："你的房子打算什么时候才建下去呀？"

年轻人一副无所谓的样子："一点都不着急，地基已经弄好，材料也都齐全，晚一点就晚一点嘛。"

就这样过了好几年，大家发现年轻人的房子还是没建起来，就好奇地问他："你的房子怎么还没有建起来呀？"

年轻人沮丧地说："地基被雨水淋坏了，材料也都腐朽了，房子没办法建了。"

在我们的生活中，很多人都会有这样的想法——只要基础在，什么时候都好办。对于继续读书，考文凭，考证书，很多人都认为自己以前学习成绩好，基础比较牢固，什么时候想考就直接去考就好；对于工作，很多人都认为自己以前学的是这个专业，或者以前多年从事过这类工作，有较牢固的基础，只要什么时候想继续从事这项工作，完全可以得心应手、轻松自如；对于社会关系，很多人都认为自己交往广泛，以前跟许多人都关系密切，人脉基础牢固，将来想做什么事，找什么人帮忙，都是易如反掌的事情；对于身体，很多人都认为自己以前经常进行体育锻炼，身体素质比较好，健康的基础打得比较牢固，现在就算多抽烟、多喝酒、多熬夜、多吃不健康食品也没关系，将来想锻炼的时候继续锻炼一下，身体也会没事……

然而，基础不常在，任何东西撂久了，基础也就没了。世界上的事物总在不断发展变化，科学知识日新月异，各种因素、各种条件也都在不断转化，而对于曾经拥有的东西，如果我们不懂得珍惜、不懂得维护、不懂得巩固、不懂得深化，那么，我们很容易就会失去它们。比如知识，我们读了这么多年的书，各个学科，各种文化知识，我们都涉猎过，很多知识还作为应对考试的内容被我们反复地阅读、不断地强化，可是至今我们又还能记得起多少？尤其很多平时用不上的知识，早就忘得一干二净了。比如技能，我们曾经很熟悉某项技能，或者曾经工作中经常使用过某项技能，但一旦太久不用，这项技能也会慢慢生疏了。比如社会关系，虽然说“人走茶凉”是有些悲哀，但现实也就是这么残酷，除了一些很真诚的友谊外，大部分社会关系都是需要经常联络、经常维护的，不然就会“三年不上门，当亲也不亲”了。亲戚尚且如此，一般的朋友关系更加也是这样了，长期不相见、不联系，就会生疏、陌生，没有了共同语言，从而导致感情疏远，心灵沟通缺失，形同陌路。比如身体，如果我们长期不锻炼、长期以不健康的生活方式过日子，即使我们以前身体素质再好，也经不起岁月的继续考验，身体迟早会被摧残垮掉。

时间犹如一条波涛汹涌的河流，不断地冲刷着我们所曾经拥有的东西，不断地冲击着我们的各种“基础”。如果我们对所拥有的东西放任自流，不管不顾，最后必将完全失去它们。重视我们的“基础”，好好地维护和强化我们的“基础”，尤其是那些对于我们的身体、生活、事业非常重要的“基础”，必须重视和强化，该继续“加高”的，要及时“加高”，该完成更高目标的，要争分夺秒地向更高的目标进军。

没有永远的基础，但拥有的基础是我们的一笔宝贵财富。只要我们运用得好，它就能给我们的人生带来机会、带来收获。反之，就会令我们的人生充满遗憾。因此，我们应该从现在就开始，好好地锻炼自己的身体，养好自己的身体，让我们健康的“基础”更加牢固；我们应该从现在就开始，对于自己的生活和事业有帮助的知识和技能，要继续深化、继续提高，使自己的知识和技能“基础”不断得到添砖加瓦，最终成长为“耸立云霄的高楼大厦”；我们应该从现在就开始，好好地维护与亲友们之间的关系，经常见见面，经常沟通，保持各种形式的联系，使彼此之间的感情不断地加深……

朋友们，让我们好好地珍惜自己的“基础”吧，不要再让时间抹杀我们珍贵的“基础”，不要再让岁月造成我们人生中永远的遗憾。

·所有光环都是暂时的

银幕上的明星风光无限，当红的时候身价高昂，令人艳羡不已。但娱乐界也并不是一劳永逸的，许多明星当红的时候呼风唤雨，亿万歌迷、影迷疯狂追捧，可一旦光环褪去之后，他们同样会遭遇跟常人一样的艰难与辛酸。

20世纪90年代，曾经在歌唱比赛中力压韦唯、毛阿敏获得冠军的金炜玲，一时间红遍上海滩，成了家喻户晓的知名人物。她的成名作《绿叶对根的情意》更是被大家广为传唱。在她最辉煌的时候，人们一个星期中有3天时间可以在电视上看到她的演出。即使戴着墨镜出门，她还是很容易被别人一眼认出，许多人喜欢围着她转，当她想排队买东西时，大家都不让她排队，纷纷为她让道优先。后来金炜玲嫁了人，转行开茶楼，但生意并不好，后来婚姻也失败了。金炜玲境遇越来越差，后来为了糊口，竟然沦落到要去做钟点工赚钱。她每天骑半个多小时自行车到雇主家，买菜、洗菜、做菜，帮别人洗衣服、洗内裤、洗袜子，每天扫地、拖地好几遍，角角落落、墙壁、阳台都要擦得干干净净……为了一点微薄的钟点费，她从早上8点钟干到中午12点钟，经常把自己累得直不起腰来。

当年，陈佩斯凭借在央视春节联欢晚会上的小品《一碗面条》一举成名，被全国观众所熟知，后来却又因为与央视的一场官司告别了台前。随后，他与妻子投入全部身家，共同开办了影视公司，可是没想到他先后投拍的几部电影都接连亏损，最后公司无法支撑下去了，只能倒闭关门。最穷的时候，陈佩斯连孩子几百元的学费都交不起。幸好陈佩斯的妻子颇有远见，之前用私房钱在北京延庆井庄镇西三叉村承包了一处荒山。陈佩斯摒弃了以前所有的光环，带着妻子上山种树，俨然一对农民夫妻。他们住的是山上的旧房，睡的是简陋的破床；吃的经常是大锅饭，把肉、菜、饭一锅煮，煮一次吃三四顿；皮肤晒得粗糙黝黑，模样完全变成了标准的农民。就这样熬了两年，他们的辛勤劳动终于换来了回报，木料和果树卖出了一笔钱。通过用这笔钱，陈佩斯攒了一部叫《托儿》的话剧，在全国巡演几百场，终于打了个“翻身仗”。

梁家辉出道不久，就凭借接拍内地电影《垂帘听政》获得香港金像奖最佳男演员，可是由于当时香港电影主要资金来源和市场都在台湾，而台湾规定所有去内地拍戏的演员一律封杀，因此梁家辉连影帝的奖杯都没焐热就被雪藏了。一下子从影帝的光环中褪出，生活却还要继续。没有戏拍，可还必须赚取生活费。为了生活，梁家辉和两个朋友一起，自己设计小饰品——用皮条和铜线做成皮质小手镯，然后拿到铜锣湾大宛百货门口去摆摊售卖，结果经常被警察追得满大街跑。在他摆摊的时候，很多路人都会盯着他看很久，然后疑惑地问：“你该不会是影帝吧？”此时落魄的梁家辉完全没有了影帝的样子，他会赔着笑脸说：“我是。来，请看一下，参观一下！”后来，梁家辉走出了那段低迷的日子，但他对那段日子并不避讳，认为虽然那时候“生活确实有些窘迫，有点不习惯”，但也让他重新认识了自己，受益良多。

作为湖南卫视举办的首届“超级女生”大众歌手选秀赛季军，张含韵15岁就一举成名，她甜美可爱的模样深受全国观众喜欢。她代言的广告“酸酸甜甜就是我”风靡全国，首张专辑还拿下了当年的销量总冠军，不到18岁就两次登上《福布斯》名人榜。可是好景不长，唱片业衰落，她所属的经纪公司也关门解散了，张含韵顿时陷入了失业状态。从人见人爱的女明星到无人问津的失业者，张含韵感到非常失落、伤心。有一年多的时间，她不愿意回老家、不愿意见父母，每天晚上失眠、早上大哭，不愿见人。失业的几年间，她先后做过主持人，插班学过表演，后来再次出现在选秀节目里，也还是季军，星运并没有太大的起色。后来，张含韵新签约公司，出演电影，没什么拍戏经验的她经常几十遍都拍不过，经常被导演骂，委屈的时候，也只能偷偷跑到角落里哭泣落泪，但哭完后还得继续强迫自己坚强，再继续回来接着拍戏。这时候，张含韵只能放弃以前的所有光环，继续从新人做起。

在娱乐界里，明星们沉沉浮浮的例子不胜枚举。我们看到别人笼罩着诸多光环的时候，往往觉得别人无限风光，感叹自己时运不济，与别人的境遇天壤之别。但那些光环之后的多少辛酸、多少眼泪，我们却往往看不到、不知晓。

而且，我们必须知道，所有光环也都只是暂时的。一时的成功并不会让你一辈子受用，它也许会让你在一段时期内春风得意，但如果你因此而停留在荣誉中沾沾自喜、举步不前，那么很快你就会被社会所淘汰、被人们所遗忘。你自认为可以让你一辈子骄傲的那道光环将会很快褪色，无论你如何顾影自怜也换不回曾经的风光。一些人的成功犹如昙花一现，瞬间凋谢，就是因为他们缺乏对荣誉的正确认识，缺乏对更高层次、更远目标的执着追求。人生如逆水行舟，不进则退。你不再努力，许多正在奋起直追的人将很快替代你、超越你。转眼之间，你就将被许许多多的人远远地甩在身后。

忘掉所有的光环吧，无论你曾经多么成功、多么辉煌，都不要把它们当成偷懒的理由，都不要把它们作为炫耀的资本，因为那样只会让你自我沉醉、自欺欺人。无论任何时候，都要把自己的奋斗放在新的起点上，让自己永远像个新人一样充满危机感、紧迫感，永远保持拼搏的精神和奋斗的激情，让自己永不停下努力的步伐。一山还比一山高，爬过了这座山峰，我们就要立刻准备向下一座更高的山峰进发。只有这样，我们才能不被岁月淘汰，才能不被人们遗弃，才能不断取得新的更高成就。

“保护”的代价

美国田纳西大学动物学家在路易斯安那州对印度鳄和短吻鳄的行为进行了监控观察，发现印度鳄和短吻鳄通过一个非常聪明的举动来捕食水鸟。每年3、4月份，是白鹭和苍鹭“建设家园”的时节，它们来到湖边采集树枝开始筑巢。这时候，湖面上会漂浮着大大小小的许多树枝。一些水鸟发现这些树枝，会以为得到了现成的“建筑材料”，然后俯冲下去想衔起这些树枝。而就在那一刹那，鳄鱼会突然浮出水面，一口咬住水鸟，然后尽情地享受美餐。

为什么树枝下面会有鳄鱼呢？原来，鳄鱼知道水鸟需要树枝来筑巢，就故意用嘴部平衡住树枝，使树枝稳定地漂浮在水面，将水鸟引诱下来。水鸟误认为树枝漂浮在水面上，却不知道此时有着巨大的威胁就潜伏在水中，当水鸟毫无防备地飞过来叼取树枝时，最终难逃鳄鱼之口。

很多血淋淋的教训摆在面前，水鸟们当然知道湖里是有鳄鱼的，那它们应该远离危险才对，可是为什么还要选择有鳄鱼存在的地方周边筑巢呢？研究人员指出，这是因为它们“需要”鳄鱼。原来，水鸟害怕自己遭受蛇、猴子、浣熊等爬树掠食者的侵犯，所以要寻找“保护伞”，而鳄鱼恰恰可以使这些爬树掠食者感到恐惧并且远离。当然，这些水鸟也要为此付出一定的代价，那就是在湖边稍不留神，就会被自己的“保护伞”给吃掉。

天上没有白白掉下来的馅饼，依赖别人提供的“保护”，往往也容易被别人所利用。因此，我们必须知道，“保护伞”下也一样不安全。

别让侥幸心理害了自己

渔夫每天划船去海里打鱼。日子长了,有的船板逐渐腐朽了。

朋友看到这艘船后,好心地提醒渔夫:“你的船有的木板要坏了,你得赶快换下来才行。”

渔夫不以为然地说:“只有一两块木板要坏,不碍事的。”

过了一段时间,朋友又提醒渔夫说:“你的船已经有好几块木板要坏了,你得赶快换下来才行。”

渔夫摆摆手,说:“不碍事,还没完全坏呢,等它们真的完全坏了再换也不迟。”

又过了一段时间,朋友见渔夫仍然没有换下那些腐朽的木板,顿时急了:“那些木板很快就要断了,你这艘船已经非常危险,搞不好是会送命的。你必须换上新木板才能出海了!”

渔夫哈哈大笑,说:“你说得也太夸张了吧?不就是几块木板嘛,不会这么快就坏的;就算坏了,它们也不会在我出海的时候突然坏掉吧?就算在我出海的时候突然坏掉,我起码还会游泳呀。怎么至于会送命呢?”

渔夫继续划着小船去大海里打鱼。

这天狂风骤起，渔夫正想掉转船头回去，几块木板突然断裂，海水疯狂地涌进船里，船很快就要沉下去了。渔夫急忙跳进海里，往海边游去。偏在这时，一条鲨鱼游了过来。可怜的渔夫很快就被鲨鱼吞进了肚子。

细致严谨、一丝不苟，才能确保万无一失。粗心大意、心存侥幸、放松要求，往往是酿成大错的导火线。无论是工作还是生活，我们都要注意存在的小问题，尽快把潜在的危险消灭在萌芽状态。只要有问题存在，就不要找任何借口来拖延，更不应该消极地逃避，而应该千方百计地去解决它，否则就会让小问题变成大问题，问题就会越来越难以解决，局面就会越来越难以收拾。

可是，很多人都会有一种侥幸心理，总认为自己不会这么“倒霉”，总认为那些小问题不会影响到自己。于是，在工作中，他们不肯踏踏实实地做好每一个细节，而是马马虎虎，出现错误也总觉得是小事情，不会影响到自己的业绩和形象，结果导致酿成大错，损失惨重，自己在上司的眼里和在同事们的心目中，形象一落千丈，无法再得到尊重和信任。尤其一些涉及自己和他人生命安全的工作，侥幸心理更加要不得，比如交通安全、食品安全、施工安全、房屋质量、桥梁质量、防火防震等。可是，正是因为一些人存在侥幸心理，导致发生了许多不该发生的悲剧，造成了许多不必要的损失。一些人不注意交通安全，总觉得自己不太可能会发生什么事，于是行人过马路闯红灯，坐车的人不系安全带，开车的人酒驾、醉驾、超速、违规超车等，结果酿成大祸，很多人因此失去宝贵的生命。一些食品企业、餐馆不注重食品安全，用不卫生、对人体有害的材料做成食品，把别人的生命健康当作儿戏；一些食品监管部门责任心不强，监管不到位，导致发生许多起食品安全问题，人们对食品感到越来越不放心。一些施工单位和施工人员不注意施工安全,不按规定的要求施工,结果导致工地出现意外,许多人因此伤亡;一些施工单位和施工人员偷工减料,房屋质量、桥梁质量得不到保证,埋下巨大的安全隐患,房屋倒塌、桥梁倒塌导致许多悲剧的发生。一些学校和家庭不注重学习防火、防震的知识,不注重在这些方面加强对孩子的教育,结果出现火灾、地震的时候,很多人都手足无措,导致损失惨重……

因此,对于存在安全隐患的地方,我们应该及时地把安全隐患消除;对于存在危险因素的事情,我们就不要去做。千万不能存在侥幸心理,不要盲目相信自己的运气,不要把安全当儿戏,不要去做那些不应该做的事情。对于存在的问题,我们要做到早预防、早发现、早解决。

侥幸心理是人生的大敌,面对可能发生的事情,无论概率多小,我们都不可以掉以轻心。对于工作,我们应该始终以一种敬业的精神,尽力把每项工作做细、做好,做得一丝不苟,避免因为自己的工作失误造成重大的不良后果;对于生活,我们应该高度重视自己和他人的人身安全,应该注重生活中存在的问题和矛盾,把问题和矛盾及早化解,不要让小事情扩大化、小问题复杂化。

拒绝任何的侥幸心理,及时做好各项预防和准备,我们的人生才能少出问题,我们的生活才能过得放心和舒心。

·优势也可能变成伤害

当年,苏联能够称雄于世,成为可以与美国平起平坐的“超级大国”,关键因素是苏联拥有丰富的石油资源。20世纪六七十年代,苏联西伯利亚发现了巨型油气田,当时油气工业正好迎来发展的春天,世界油价上扬了好几倍。苏联只要对西伯利亚油气工业每投入一卢布,经过三四年时间,就可以获得三四十卢布的利润回报。为此,苏联不断加大对西伯利亚油气田的开发力度,不断增加对其他国家的石油出口量。通过石油出口,苏联的财富迅速增长,获得了大量的外汇储备。凭借石油出口,苏联的经济迅速崛起,大量的外汇储备保证了对外国先进设备和消费品的购买力,还保障了与美国进行军备竞赛的财政基础。

由于中东政局动荡不安,国际油价继续上涨,价格的上扬幅度可以说是史无前例的。苏联方面认为,当油价上涨到一定高度之后就会稳定下来,石油出口会使自身一直继续保持优势,国家的经济会一直保持持续较快发展。由于在油气工业上具有巨大优势,导致了苏联的盲目自信和乐观,从而忽略了自身经济结构存在的重大问题,忽略了其他产业的平衡发展,最终结果显示这只是苏联的一厢情愿,错估形势使得苏联付出了高昂的代价。20世纪80年代中期，世界油价下跌了一半，严重依赖石油出口创汇的苏联遭受了沉重的打击，财政预算、外贸平衡、数千万吨谷物的进口、外债偿还、军队和军工综合体拨款等均陷入了捉襟见肘的窘境。

西方国家本来就对苏联虎视眈眈、充满敌意，一直在想方设法地要将苏联置于死地。为了彻底击垮苏联的经济，美国实行了“逆向石油冲击”战略，继续打压国际油价。从1985年8月起，美国政府迫使石油出口大国沙特增加产量，由每天200万桶增加到600万桶，到当年年末，已跃升至900万桶。于是，产量迅速增加，市场供过于求，导致本来就十分萧条的石油市场更是雪上加霜，国际油价由每桶30美元，跌到12美元；次年4月，跌到10美元。

这对于苏联来说，是致命的一击。每桶石油价格下跌1美元，苏联每年的收入就要减少5亿—10亿美元。天然气的价格形成与石油价格挂钩，因此苏联出口天然气的收入也减少了数十亿美元。苏联三分之二的外汇收入依赖于石油出口，由于油价大幅下跌，苏联的经济濒临绝境。按照苏联能源部官方统计，1985年至1988年世界油价下跌，从1984年的每吨212.6美元下降到1988年的每吨93美元，下降了129%，4年之间导致苏联共计损失400亿卢布。国际油价长时间低位徘徊，苏联耗尽外汇储备，甚至无钱支付已经运到海港的进口粮食。苏联船只被扣在国外港口，成为家常便饭。于是，苏联破产了——被曾经最引以为傲的石油工业伤害到了极致。

苏联解体前夕，英国前首相撒切尔夫人在休斯敦美国石油学会（API）对访美的苏联炼油和石化专家发表题为《我们是如何搞垮苏联的》的演讲时说：“苏联是一个对西方世界构成严重威胁的国家，因此我们一直采取行动，旨在削弱苏联经济，制造其内部问题。”她还准确地预测出苏联将在一个月内宣布解体。后来发生的事情，果然如她所料。曾经担任俄罗斯代总理的盖达尔，后来终于明白：“苏联崩溃是由世界油价的下跌，以及对开发西伯利亚油气田的战略错误所引发的。”

石油工业曾经是苏联的最大优势，最后却成了导致苏联崩溃的关键因素。正所谓“成也萧何，败也萧何”。在某一方面拥有绝对优势，并不能保证你就能一直吃这碗饭，一直可以依靠这项优势立于不败之地。相反，如果你始终单纯依靠某一方面的优势，不审时度势，不留后路，不思进取，那么一旦情况发生变化，一旦条件出现转换，你的优势很可能就会反过来成为导致你失败的重要因素。

优势可以让你占据有利地位，可以让你实现先发制人，可以让你实现压倒性胜利。可是，优势也可以让你在不知不觉中骄傲自满，缺乏危机感，失去正确的判断力，在思想和行动上逐渐落后于人。优势也可以让你依赖性越来越重，使你慢慢忽略其他方面能力的提高，忽略其他方面长处的发挥和发展。一旦你把那项绝对优势当成可以依靠的唯一拐杖后，危险性就会越来越高。社会日新月异，时代的车轮总是滚滚向前，曾经别人最需要的东西也许很快就不再需要，曾经最被人看重的东西也许没过多久就一文不值，这时候你的绝对优势也许很快就失去了用武之地。如果你没有其他方面的准备，如果你没有其他方面的能力，在情况发生变化、条件发生转换之后，你就会束手无策，无可奈何，望洋兴叹。

因此，即使我们拥有某方面的绝对优势，也绝不能把它当成唯一的依靠，“绝不能把鸡蛋放在同一个篮子里”。一方面，我们要充分发挥好自身的优势，使优势产生的效益最大化；另一方面，我们要始终保持着警惕的思想，保持着对事物发展趋势的洞察力和判断力，时刻留有另一份准备。一旦形势发生变化，我们要及时调整方向，及时调整策略，用其他方面的准备填补上去。

不要让优势变成伤害，那么，我们就必须做到另留一手。

·换个方位来评判

在德国有一个叫作欣达斯的古老小镇，小镇上有个拥有700多年历史的广场，广场中间竖立着一座5米多高的雕塑。

这天，广场上来了几位外国游客。大家围着雕塑议论纷纷。

站在雕塑左边的游客赞叹道："哇，多美的雕塑！这应该是女神呀，她的容貌简直是美得无与伦比！在她面前，天下所有的男人都会因她而心醉，天下所有的女人都会因她而失色！"

站在雕塑右边的游客大吃一惊，大声驳斥道："你在胡说什么？这是一个女巫的塑像，丑陋无比！你是故意说反话呢，还是眼睛不好使？"

雕塑左边的游客气愤地跟右边的游客吵了起来，都指责对方要么是完全没有审美观，要么是在故意找碴儿。

站在雕塑正面的游客朝他们摆摆手，说："你们别吵了，这明明是一座普通女人的塑像，既不是什么美貌的女神，也不是什么丑陋的女巫。你们的反应都太夸张了！"

这时，一位本地的老者走了过来，哈哈大笑起来："你们都别争了，这是我们小镇上非常有名的雕塑，是400年前一位著名雕塑家独具匠心的作品。从左边看，这座雕塑美若女神；从右边看，这座雕塑丑如女巫；从正面看，却跟普遍妇女一样平常。雕塑的名字就叫作‘换位评判’。”

游客们听了，急忙换方位观察，事实果然如此，于是纷纷感叹不已。

在生活中，我们对别人的评判往往也是如此，由于所站的方位不同，评判的视角也不一样，有时容易把一个人评判得完美无缺，有时容易把一个人评判得一无是处。这时，我们不妨进行换位思考、换位评判，也许就会得出完全不同的结论。要知道，片面的评判，对于别人来说是不公平的；对于自己来说，则始终得不出客观的结论，并将影响自己的正确抉择。

做好自己就行

中学时，他报名参加了学校运动会的长跑比赛。老师和同学们对他都充满期待，希望他能获得第一名，或者至少能进入前三名，为班级争光。他也暗自下决心，一定要发挥出自己的最好水平，不能让老师和同学们失望。

可是，比赛那天，尽管他竭尽全力了，还是没能进入前三名，只获得了第四名。看着老师和同学们失望的表情，他感到惭愧极了。

虽然他尽心尽力了，但有的同学并不买账，对他冷嘲热讽地说："获得第四名跟跑成最后一名有什么差别，什么奖项都得不到，是彻彻底底、完完全全的失败！"

回到家，他扑在床上，忍不住委屈地哭了起来。他的爸爸听到他的哭声，走进房间，关切地问他怎么回事。他把事情的经过告诉了爸爸。

爸爸听了，哈哈一笑，拍拍儿子，说："这件事哪里值得你伤心？你这不是失败，是成功呀！你在所有没有获奖的参赛者中做得是最好的，跑了第一名！儿子，千万别去在意那些奖项和荣誉，你发挥出了自己最好的水平，并且赢得了大多数人，你就已经是成功者了。爸爸为你感到骄傲！”

听了爸爸的话，他顿时破涕为笑：是呀，我为什么一定要认为拿第一名才是成功呢？我已经努力去做好自己，应该感到安慰和开心才对。

从那以后，在学习上，他也并不追求成绩名列前茅，而是以健康快乐的心态来学习，只求有所收获，只求心安理得。

大学毕业以后，他在一家很有名的公司工作，他的业务水平并不是公司里最好的，领的薪水也不是最高的，但同样也是公司的重要骨干。不过，与公司里业务水平最好的那位同事相比，他要快乐得多，因为与其他同事关系相处得很融洽，因为他心胸坦荡，不用时时担心被别人超越，不用时时担心自己失去在公司“最重要”的位置。

无论是对事业的追求，还是对生活的追求，我们都只需要做好自己就行，不要刻意去与别人竞争，不要刻意去与别人攀比，要以健康快乐的心态来对待人生境遇。这样的人生，才是真正成功的人生。

学得宽不如学得专

丁师傅是一名厨师，李师傅也是一名厨师。

丁师傅在厨艺上涉猎较广，鲁菜、川菜、粤菜、闽菜、苏菜、浙菜、湘菜、徽菜八大菜系的大部分菜都会做。

与丁师傅不同的是，李师傅只会做粤菜。

丁师傅和李师傅都参加了全国厨艺大赛。

此次大赛中，大家各显神通，都把自己的看家本领拿了出来。丁师傅为了展示自己的多才多艺，拿出了不同菜系的菜。然而，他很快就被淘汰出局了。李师傅则凭借着精湛的粤菜厨艺拿到了冠军。

丁师傅很不服气，心想：虽然李师傅拿了冠军，但他只会做粤菜，工作境遇肯定没我好。于是丁师傅在台下找了个机会，向李师傅打听他的工作情况。

李师傅笑着回答："我一直都在粤菜系的酒楼工作，这么多年来，只换过两个酒楼。"随后，李师傅说了自己工作的酒楼和月薪数目。原来李师傅在顶尖的粤菜系酒楼做主厨，拿的薪水也是行业里最高的。

丁师傅听了，惭愧地低下了头。因为这些年来，他先后跳槽换过几十家酒楼，因为每个菜系的菜都会做一些，他找工作也很容易，但每个菜系的菜味做得都不够精美，所以只能在三流的酒楼工作，拿的薪水也只是行业里的中上水平。

其实，丁师傅也很努力，他甚至在研究厨艺上花的时间比李师傅更多，但是付出的回报远远不及李师傅。

这其实对我们的事业追求是很有启发的，有的人兴趣宽泛，梦想很多，各行各业都想去研究一下，结果时间和精力都分散了，顾此失彼，样样会一点，但每一样都不专、不精；有的人则专心致志地研究自己最感兴趣、最擅长的领域，把主要时间和精力都投到这个领域，精益求精，于是后来脱颖而出，获得巨大成功。

因此，我们要明白一个道理：学得宽不如学得专。

别迷信经验

有位商人请一名画家去饭店吃饭。坐定之后，画家取出画笔和纸张，趁还没有上菜之际，给坐在对面谈笑风生的女主人画起速写来。不一会儿，速写画好了。画家将它递给商人看。商人连声赞美道：“太好了，真是画得太好了！”

画家微微一笑，转过身来，面对着商人，又在纸上勾画起来，还不时伸出手指，聚精会神地瞄角度、分比例。

商人见了，急忙一本正经地摆好姿势。为了不影响效果，商人就这样一动不动地坐了约有10分钟。

“好了，画完了。”画家说。听到这话，商人松了一口气，兴致勃勃地凑过去一看，顿时大吃一惊，原来画家画的是他桌面上的一只杯子。

商人沮丧地说：“我特意摆好姿势，你却这么作弄我……”

画家笑着对他说：“我听说你做生意很精明，所以才故意试试你。你怎么看我第一次画了别人，就能肯定我第二次一定画的就是你呢？从这方面来看，你还是太容易相信别人了。要知道，很多事情第二次跟第一次是完全不一样的。”

在这个故事中，精明的商人却没逃过“经验”的圈套，他凭着画家第一次是给女主人画速写的经验，满以为画家比比画画，就是接着给自己画，可是经验却误导了他。

还有一个故事，说的是有个城市的青年到乡间小道散步，他看到有个老农把一头大水牛拴在一根小木桩上，就走上前，很疑惑地对老农说：“老伯，你这样拴牛怎么能拴得住呢？它稍一挣扎就能跑掉呀！”老农呵呵一笑，说：“你放心，它不会跑掉的，因为它总认为自己跑不掉，它也决不会去尝试的。”青年疑惑地问：“为什么会这样呢？”老农说：“因为当这头牛还是小牛的时候，它就一直被拴在这根木桩上了。刚开始它还不是那么老实，总想从木桩上挣脱，但那时它的力气小，折腾了一阵子还是在原地打转，时间一长，它就蔫了。后来，它长大了，还是认为自己永远也挣不脱这个桩子。有一次，我拿草料来喂它，故意把草料放在它脖子伸不到的地方，我想它肯定会挣脱木桩去吃草的。可它没有，只是叫了两声，就站在原地望着草料了。”

束缚住这只大水牛的，不是那根木桩，而是它的“经验”。因为以前无论自己怎么努力，都无法挣脱木桩，因此它就认为自己永远也无法斗得过木桩了。

经验有助于成功，但如果一味地迷信经验，又往往会适得其反，会阻碍成功。当一个人过于迷信经验时，他就会形成思维定式，不再去做新的尝试，不再去做新的探索，把一些本来可以克服的东西看作不可逾越的鸿沟。

因此，我们一定要有敢于否定自己的精神，在继承一些好的经验的同时，也要否定一些过时的、低效的经验，永远保持探索的精神，不断汲取新的知识，尝试新的方法。唯有这样，才不会被经验所羁绊，才会让自己不断取得成功。

腾点时间看地图

刘强是一家大企业老总的司机。由于老总时间观念非常强，刘强平时对自己的要求也很严格，接送老总都非常准时，不敢出任何差错。

这天，老总要到外地洽谈一个合作项目。刘强开了大半天的车，将老总送到了目的地。

老总上楼前，看了一下手表，对刘强说："我上去与合作方洽谈，会议时间两个小时左右。现在是下午 2 点 20 分，你 4 点 20 分前要在楼下等我。"

刘强满口答应。等老总上楼后，刘强心想：这座城市我是第一次来，反正有两个小时时间，我开车到处转转，不然闷得慌。

这样想着，刘强开着车往市中心驶去。漫无目的地逛了一会儿，刘强感觉非常疲倦，想眯几分钟，再把车往回开。于是他把车停到路边，关上车窗，打开空调，把座椅调低，闭上了双眼。

不知不觉，刘强就睡着了。当他醒来，一看时间，顿时吓了一跳——还有 20 多分钟老总就要散会了！

刘强急忙调好座椅，把车往回开。他只想快点赶回去，因此能踩多大油门,他就尽量踩多大油门。可是这时他发现找不到回去的路了,急得汗流浃背,结果越急越想不起路,只能像个无头苍蝇一样到处乱窜。

当他好不容易赶回会议地点,已经是下午4点40分。老总和送行的合作方已在楼下整整等了他20分钟!

老总上车后,黑着脸把他狠狠地训了一顿。刘强一声也不敢吭。过了好一会儿,老总才平静下来,对他说:“你到底怎么回事?为什么这么久才赶过来?”

刘强吞吞吐吐地回答:“我……我迷路了。”

老总皱着眉头说:“我不是让你买了一张这座城市的地图吗?为什么不看地图?”

刘强叹气说:“当时我一看只有20多分钟时间了,哪里还顾得上看地图?地图在我的旅行包里,旅行包又放在车后备箱。我老想着时间不够,只顾着踩油门往前冲,结果绕来绕去,就是找不到回去的路……”

老总沉默了片刻,语重心长地说:“你呀,越是时间紧急,就越应该先看地图,弄清楚方向,心里有数,才会找到最快的路。你舍不得花那一点时间看地图,反而会浪费更多时间!”

下车后,刘强一查地图,发现自己原来所在的位置离会议地点其实只有5分钟的路程,顿时懊悔不已。

一个人如果一心只想着快点获得成功,却弄不清楚人生的方向,对人生没有任何规划,那么即使再怎么努力,往往也无法到达成功的彼岸;或者虽然最后获得了成功,但往往也是走了很多冤枉路,白白浪费了人生中许多大好时光。

有时放弃是一种智慧

如果不是那天的决定，他就不会在计算机领域取得这样的成就；如果不是那天的决定，他可能只是美国某个小镇上一名既不成功也不快乐的律师。

那年他考上了哥伦比亚大学的法律专业。哥伦比亚大学是一所文科性质的院校，它的法律专业排名位于全美前三，而且毕业后从事律师，那将是一个很有前途、很有地位的职业。

但是，他却逐渐发现自己并不真正喜欢法律，上专业课时，他丝毫提不起精神来，甚至想把枯燥的课本扔到教授身上。

此时，他接触并喜欢上了计算机，每天疯狂地编程。老师和同学们对他的“不务正业”感到非常惊讶。终于，大学二年级的一天，他做出了一个重大的人生决定：放弃此前一年多在法律系已经修成的学分，转入该校默默无闻的计算机系。

那时候，计算机还属于新事物，哥伦比亚大学的计算机系也只是刚刚创立，连30个学生都不到，社会上也还没有所谓“计算机科学家”这类人。

从受人尊敬的律师到一个前途不明的“计算机工作者”，这使认识他的人感到很不理解。朋友们都劝他谨慎考虑，但他心想：人生只有一次，不应浪费在并不感兴趣、没有成就感的领域，一辈子从事一份没有激情的工作将会付出更大的代价。于是，他毅然办完了那些转换专业的繁杂手续。

没想到，他一进入计算机领域，便如鱼得水，整个身心充满了激情。后来，他又进入卡内基·梅隆大学，继续攻读计算机方面的硕士及博士，并获得了计算机专业博士学位。他开发的“语音识别系统”获得了《美国商业周刊》最重要发明奖。他于1998年加盟微软，创立了微软亚洲研究院。2000年他升任微软全球副总裁，是微软高层里职位最高的华人。2006年他又出任Google公司全球副总裁、中国区总裁。

他就是李开复。直到现在，他对人谈起大学时代放弃法律专业而选择了计算机专业，仍然感慨不已。

有时，勇于放弃也是一种智慧。放弃代表一种终结，同时意味着另一种开始。当以前的路不适合你，不如勇敢地把它放弃，进行重新选择。那么，你的人生也许就会出现另一番美丽的风景。

第六辑

幸福的味道

我们的所有努力和奋斗，都只有一个最终的目标——那就是让自己幸福、让家人幸福。然而，现实总是不那么令人满意，我们想要的东西经常得不到，我们得到的东西经常不是我们想要的。幸福是什么？不是权势，不是财富。幸福是一种生活态度，是一种生活方式。改善自己的心态，就可以改善你的生活境遇，就可以提高你的幸福指数。与其坐等幸福，不如主动去改变、主动去追求，只有这样，我们才能把幸福紧紧地抓在自己手中。

帮人与助己

香港的陈玉书先生年轻的时候生活艰苦,先是在填海工地上做苦工,填海工程结束后,他四处求职却屡次被拒之门外。后来,在岳父的帮助下,他谋到了一份仓库管理员的工作。尽管生活十分艰辛,但陈玉书始终没有丧失生活的激情,没有丧失奋斗的勇气,没有丧失待人的真诚。他人生的转折点也就因此而来。

有一天,陈玉书到公园散步,看到一位妇女把小孩抱上秋千,却几次都无法把秋千荡起来。

“你好,请问需要帮忙吗?”陈玉书主动上前问道。

“我的孩子想荡秋千,可是不知道为什么,我老是没办法荡起来。你看,累得我气喘吁吁了。”那位妇女不好意思地笑着说。

“让我来吧。”陈玉书说完,轻轻松松地就将小孩的秋千荡得很高很高。小孩高兴得大声呼喊,玩得开心极了。

那位妇女也十分高兴,主动跟陈玉书攀谈起来。陈玉书从谈话中得知,原来这位太太是一位印度尼西亚华侨,她的丈夫是印度尼西亚领事馆的高级官员。陈玉书也坦诚地将自己工作和生活上的事情告诉了那位太太。听到陈玉书说完自己的艰难处境后，那位太太很直爽地说："你是一位好人，将来肯定一切都会好起来的。如果以后你有什么事情需要我帮忙，只要是我的能力范围内的，请尽管联系我。"然后留下了自己的联系方式给陈玉书。

事情非常凑巧，不久后，陈玉书的朋友有一批货在印度尼西亚领事馆办商业签证时遇到了麻烦。陈玉书想起前段时间刚结识的这位太太，于是打电话过去，试探性地问她能否帮忙解决。没想到，那批货的商业签证很快就办好了，朋友的问题不但得到顺利解决，并且在税率上享受了优惠待遇，节省了一大笔钱。陈玉书也因此获得了自己的"第一桶金"——5万美元的酬金。

有了"第一桶金"后，陈玉书用这些钱办起了"香港繁荣发展有限公司"，主要经营祖国大陆产品的转口贸易。在朋友的介绍下，他试着从北京购进了一批仿旧景泰蓝鸟兽，运到香港后竟十分畅销。从此，景泰蓝成了陈玉书的拳头产品。经过多年的努力，陈玉书的商业越来越成功，产品不仅畅销东南亚，还打入了欧美市场。他一举成为"世界景泰蓝大王"。

在总结自己商业上的成功经验时，陈玉书对别人说："毫不讳言，我的成功有很大成分是运气，但这些都是上天给予的机会，而我义无反顾地把握住了这些机会。可是，为什么我会拥有这些机会，很多人却没办法拥有这些机会呢？我认为最重要的一点是——我待人的真诚。我的真诚换来了别人对我的信任，换来了别人对我的支持和帮助，换来了一次又一次良好的机遇。"

待人真诚，乐于助人，在无形中就会为自己积累下广泛的人脉，赢得许多人的信任和支持，从而为自己铺成一条又一条走向成功的道路。因此，很多时候，帮助他人就是在帮助自己。

抱怨改变不了生活

山庙里住着一位大师和他的两位弟子。其中,大弟子是个非常喜欢抱怨的人。

这天晚上,大师亲自下厨,精心炒了几个菜。然后,师徒三人围坐在一起吃饭。

饭一开桌,大弟子又开始滔滔不绝地抱怨起来,先是抱怨下山的道路崎岖难行,然后抱怨由于天旱要走很远的路去挑水,接着抱怨化缘时常遭别人白眼,再就是抱怨庙里的香火比不得其他大庙的香火旺盛……

大师一言不发,静静地听。等大弟子发完一大通牢骚后,大师突然问:“今晚的菜味道如何?”

大弟子一愣,说:“我刚才光顾着说话,没留意菜的味道。”

大师又扭头问小弟子:“今晚的菜味道如何?”

小弟子摇摇头,说:“我刚才光顾着听大师兄说话,也没有注意品尝。”

大师说:“那你们现在细细品尝一下。”

两位弟子分别夹了各种菜肴,用心品尝,然后异口同声地说:“师父,您今晚做的菜真的非常好吃!”

大师微微一笑，说："当一个人沉醉在抱怨之中时，就无法品尝生活中的乐趣。"

生活中，总有许许多多可以让你不满意、让你觉得不如意的事情，似乎每个人都拥有诸多可以抱怨的理由。有人说，生活之事，不如意十之八九。那么，如果真要抱怨起来，日日夜夜都可以滔滔不绝。

我们确实总会遇到这样的人，无论什么场合，无论遇上什么人，一见面，他们就开始喋喋不休地抱怨，抱怨家里人不理解自己，抱怨婆媳关系不好相处，抱怨自己的配偶没有事业心也不肯顾家，抱怨亲戚朋友对自己不关心、不支持，抱怨上司没有领导能力还总是瞎指挥，抱怨自己的同事又蠢又笨工作无法配合，抱怨社会观念越来越扭曲，抱怨社会不公平不公正……反正，他们完全可以从抱怨个人生活，到抱怨工作环境，再到抱怨社会、抱怨国家，甚至再到抱怨整个世界。这往往会令与他们坐在一起的人如坐针毡，浑身不舒服，却又不好打断他们的慷慨陈词，也不好就此离开。听众们似乎成了垃圾桶，不断被人扔垃圾，本来一天的好心情，就此遭到了破坏。而那些抱怨者在不停地抱怨之后，在不断地大倒苦水之后，心情也未必就会转好，内心也未必就会好受些，相反，他们往往会越说越来劲、越说越生气，自己给自己火上浇油，久而久之，抱怨就变成了一种习惯。

抱怨，这对自己糟糕的状况起不到任何的改变作用。相反，它只会加深你对糟糕状况的厌恶感，只会使你对现实生活更加不满意。每天的心情不好，会你使无心学习、无心工作，于是继续出现恶性循环，使你在上司和同事面前的表现更加失态，也更加失败，从而导致你的事业更加不顺；每天的不满情绪，会使你的脾气暴躁、易怒，更容易与家人发生争吵，与亲朋好友相处不愉快，从而导致你的生活状况更加糟糕。

既然生活有这么多不如意的事情，而且我们还会不断遇到不顺心、不如意的新情况和新问题，那么如果我们要抱怨的话，什么时候才可能是尽头呢？生活除了有很多烦心的事，其实也有很多美好的事物。但一旦我们被不好的事冲昏了头脑，整天把不好的事满满地装在头脑里，那些美好的事物就没有了一席之地。我们就没有心思来感受美好的事物，没有心思来好好享受生活，于是整天郁郁寡欢，愁眉苦脸。幸福与不幸福的感觉，始终是此消彼长的。如果我们忘掉那些烦恼的事情，摒弃那些不愉快的想法，多想想生活美好的一面，多想想未来可能出现的各种转机，多寻找一下各种生活乐趣，那么我们就完全可能是另一种生活状态了。

生活是一种态度，当你沉浸在抱怨中无法自拔的时候，你的生活就失去了乐趣；当你对生活满怀感激、真心热爱的时候，你的生活就将充满希望、充满激情。人与人的生活质量之所以不同，主要是心态上的不同；人与人的前途与命运之所以不同，主要是心态上的不同。厌恶生活、抱怨生活的人，缺乏对生活真谛的理解，缺乏享受生活的心思和对人生的追求，往往导致各种失败接踵而来，他们会不断地发现并且不断地发出这样的疑问——为什么倒霉的总是我？为什么受伤的总是我？相反，那些感恩生活、热爱生活的人，他们会想方设法地改善生活，让自己的生活过得更舒服、更惬意；他们会拥有绚丽多彩的梦想，并且千方百计地去实现梦想。他们乐观、开朗，用自己的正面情绪去感染别人、影响别人，于是会得到更多的人缘、人脉，从而也会拥有比他人更多难得的机遇。

抱怨改变不了生活，那就让我们从现在开始停止抱怨，积极地去发现生活的美，积极地去寻找生活的乐趣，好好地珍惜生活，好好地热爱生活吧。你会发现，你越热爱生活，生活就会越钟爱你！

弄清楚时间去哪儿了

研究人员针对青年人做了一项调查，发现九成以上的人认为自己太忙，总感觉时间不够用，但在每天的时间分配上，八成以上的人没有明确的计划。他们承认平均每天至少有3个小时花在看电视、浏览网页和网上聊天等方面，大部分人对观看哪类电视节目、阅读哪些信息内容不能表现出固定的兴趣。

很多人都觉得一天24个小时太少，除了吃饭、睡觉、工作以外，总是没有时间静下心好好深化自己的专业知识，好好研究自己从事的行业；总是没有时间好好地陪家人聊天、散步，甚至没有时间打电话给在外地的家人。

那么，时间都去哪儿了？我们真的有这么忙吗？或者说，我们真的有必要这么忙吗？我们每天打开电视，漫无目的地看看新闻、电视剧、娱乐节目，一不留神，两个小时就过去了；我们每天打开电脑或者手机，上几个大网站把每条新闻都认真看一遍，无论是国内还是国外的政治、经济、社会新闻，或是娱乐界的八卦新闻，都不肯错过，一不留神，又1个多小时过去了——如果还喜欢在网上做做评点、跟别人“留言互动”，那就不只这个时间了;我们在网上打开聊天工具,跟那些几年见不上面的普通朋友、跟那些无聊时加为“好友”的陌生人东一句西一句地聊天,一不留神,两个小时又过去了;我们打开电影网站,不管是好电影还是烂电影,不管是知名明星主演的还是无名小卒主演的,不管是战争片、动作片、恐怖片,还是文艺片、爱情片、生活片,都一股脑儿要看个遍,一不留神,1个半小时又过去了;我们打开一些小说网站,像猫头鹰一般睁着一双圆眼,专心地阅读那些动辄几十万上百万字的超级长篇网络小说,一不留神,四五个小时都泡在里面了……

可是,我们真的有必要花这么多时间在这些事情上吗?做这些事情,对发展我们的人生事业有帮助吗?对创造我们的家庭幸福有作用吗?如果没有,那就是一些没有任何意义的事,那就说明我们的时间被浪费在了毫无必要的事情上。如果单纯从放松心情、调节自我的角度来说,这或许是有一点必要的;但是,一天需要花这么多时间来调节吗?而且,做完这些事情之后,是确实让你身心更充满活力了,还是让你更加觉得劳累甚至疲惫不堪了呢?毫无疑问的是,一个人长时间盯着电视、电脑和手机看,会让自己容易感到疲劳、易困、无精打采,时间一久,身体也就处于亚健康或不健康状态了。

因此,不是时间太少,而是我们的时间分配出了问题。我们需要把时间集中起来放在两个方面:一是发展自己的事业;二是创造家庭的幸福。不要再把时间浪费在毫无意义的事情上,把那些对自己的事业、对自己的生活没有任何帮助的每天如海水般涌来的大量信息过滤掉,把那些对于提升自己、完善自己没有任何帮助而且不是比较有名、比较顶级的大量节目、电影、电视剧、小说忽略掉,更不要把时间浪费在漫无目的的网上聊天、关注无关紧要的人的生活状态甚至与人网上“骂战”等方面。把时间拿出来，多锻炼一下身体，多学习和扩展自己的专业知识，多研究自己从事的工作，多陪陪自己的家人，多联络一下彼此真诚相待的亲朋好友，多享受一下健康的生活方式。只有这样，我们才能活得成功、活得幸福。

弄清楚时间都去哪儿了，接下来就需要知道我们必须把时间用在哪儿了。

让每个人感受到被尊重

你跟“大人物”吃过饭吗？如果有，可能你经历的场面基本上是这样的：大家都早早到达餐厅，等着“大人物”到来。所有人都到齐后，“大人物”才缓缓登场，然后在大家众星捧月下，落座主桌最重要的位置。大家按照“尊卑”等次，确定与“大人物”相隔的座位。往往饭还没有吃完，“大人物”就会起身告辞，说“那边还有一场要赶”。大家也不会觉得有什么不妥，因为他是“大人物”，“大人物”与大家吃饭一般都这样。

那么，作为华人首富，李嘉诚吃饭是怎么样的呢？一位宾客有幸受到李嘉诚的邀请，前去参加李嘉诚的宴会。当这位宾客刚走出电梯口的时候，发现有一位先生正站在门口，恭恭敬敬地向各位宾客发放名片。他开始还以为是一个做小买卖的生意人，正在充分利用这个机会想结识更广阔的人脉。然而当他定睛一看，顿时大吃一惊——原来正在门口发名片的不是什么做小买卖的生意人，而正是商界大腕李嘉诚。要知道，李嘉诚这样的身家和地位，哪里还需要发什么名片！

李嘉诚发了名片后，让每个宾客抽了一个签，签上面写着一个号，这个号对应着大家排队照相站的位置。大家跟李嘉诚合影的时候，并没有按照所谓的“尊卑”等次或者说地位高低来排列，而是按照抽到的号来站位，非常随意。照完相后，每个宾客又抽了一个号，对应的是吃饭的座位。于是，无论是照相还是吃饭，宾客们没有被分为三六九等，没有人感觉到被怠慢、被轻视。

饭桌上既有中国人，也有外国人。李嘉诚对大家说话时，一会儿对着中国人用粤语讲几句，一会儿又对着外国人用英语讲几句，把全场的人都照顾到了。

令这位宾客深感幸运的是，他抽的号与李嘉诚的座位只隔了一个人，心想这下可以和李嘉诚就近聊天、深入交谈了。可是吃了一会儿，李嘉诚就站起身来，抱歉地对大家说：“各位，不好意思，我要到另一张桌子坐一会儿。大家慢用！”原来，李嘉诚的安排是必须到每张桌子坐一会儿，跟每桌的客人都吃上一会儿饭、聊一会儿天。这天正好有四桌，李嘉诚到每桌各坐了15分钟，正好1个小时。

临走的时候，李嘉诚诚挚地与每一个人握手道别，既包括所有的宾客，还包括旁边所有的服务员。

李嘉诚与人吃饭，使所有人都觉得受到了尊重，使所有人都觉得心里很温暖。这就是一个大商人与众不同的气魄，这种气魄体现在他对别人的细腻上，体现在他对别人的周到真诚上，这也是许多商人愿意与他一起合作的原因，也是他受到许许多多人尊敬的原因。这么多年来，口口相传，他不但在生意场上建立起良好的信誉，而且也赢得了众多消费者的心。

在我们的生活中，经常会看到这样一些人，他获得了一些小成功，有了一点小地位，马上就显得高高在上，平时总是俯视别人，他的自大会让你很不舒服，他的存在会让你感到压力，他的行为会让你感到自卑，他的言论会让你感到渺小，他的财富会让你感到恶心，他的自我会让你觉得无处藏身也使你感到无比愤怒。最后，你会对这样的人唯恐避之不及！当大家都出现这种感觉的时候，那么这个获得“小成功”的人，离失败也就不远了。

为人处世，不妨学学李嘉诚，尊重每一个人，让每一个人都感受到你对他们的尊重。也只有这样，你才能赢得别人的尊重。

态度决定高度

在他5岁的时候，父亲带着他去拜访当时的美国总统克利夫兰，总统给了他一个非常奇怪的祝愿："祈求上帝永远不要让你当美国总统。"

总统是什么？为什么我就不能当总统？在他幼小的心灵里，发出了这样的疑问。然而，当他逐渐长大后，他却偏偏立志要当一名总统。

1896年，他被送入以培养政界人物为目标的格罗顿学校，开始适应新的环境。他热爱读书，通过广泛涉猎各种书籍，使自己的视野越来越开阔，见识越来越丰富；他酷爱体育，尤其擅长网球、高尔夫球，同时也爱好骑马和驾驶帆船。在学校，他的成绩优良，并且非常重视自己的口才培养，加入了"辩论学会"，经常参加学校的辩论比赛。于是，拥有优异成绩和出众的活动能力的他，很快就在学校拥有了较强的影响力，受到其他学生的尊敬和支持。

1900年，他进入哈佛大学，攻读政治学、历史学和新闻学。这时候的他，心里拥有一个梦想，就是进入政界，最终要当上总统。在大学时代，他十分热衷于社会活动。为了提高自己在学校的影响力，他想方设法要为校刊《绯红报》担任助理。

“你觉得我们有什么理由吸收你为《绯红报》的助理呢？”主编对这个大一新生有点不屑一顾。

“我可以邀请到纽约的州长来学校做演讲。”他胸有成竹地说。

主编瞪大了眼睛，他真不敢相信眼前这个大一新生能有这样的能力，要知道，纽约的州长可不是一般的人物，不但现在身份地位非常高，而且当时他很可能在接下来的国家大选中胜出并出任副总统。主编虽然心生怀疑，但也不敢再怠慢他，于是对他说：“如果你真能做到这件事，我答应让你担任《绯红报》的助理。”

没想到，他果然做到了。其实，当时纽约的州长就是他的堂叔。他巧妙地利用了堂叔的身份地位来提升自己在学校的影响力。一个大一的新生邀请到了极有可能将来出任副总统的人物来学校演讲，这是一件在全校都引起巨大轰动的事情。他迅速名声大振，并如愿以偿地当上了《绯红报》的助理。

随后，他趁热打铁，凭着自己在学校的名声，主动提出要采访哈佛大学的校长。由于他已经声名在外，校长答应可以接见他，但并没有明确表态将接受他的采访提问。当他见到大名鼎鼎、受人尊敬的校长时，他毫不怯场，而是带有一点“进攻性”地对校长说：“如果您的投票代表您的信仰，您就应该乐意把您的影响放在天平上。”校长被眼前这个年轻人给打动了，接受了他的采访，回答了他的所有提问。第二天，《绯红报》刊登了他采访哈佛大学的独家消息，迅速在社会上引起了强烈的反响，美国的其他大报纷纷作了转载。凭借着自己越来越强的影响力，在他快毕业的时候，他荣升为《绯红报》的主编。他又在哈佛大学读了一年的研究生后，进入哥伦比亚大学法学院就读。

1905年3月，他结婚了。他时任美国总统的堂叔（由于原来的总统遇刺身亡，他的堂叔由副总统继任总统职位）亲自参加了他的结婚仪式。有总统参加的婚礼自然非常隆重。这时候，他发现大多数人都是因为总统而来，而不是单纯为了参加他的婚礼。那天的主角似乎也不是他，而是他那身居总统高位的堂叔。这令他感到有些不快，更激发了他从政的决心，他在心里暗暗发誓："总有一天，我也将成为美国伟大的总统！我要让全世界看到我人生的光芒！"

5年后，他开始以民主党人的身份涉足政界。当他把这个决定告诉身为共和党人的总统堂叔时，总统瞪大了双眼，愣了很久才反应过来，愤怒地对他骂道："你这个卑鄙的小兔崽子！你这个叛徒……"面对怒不可遏的总统，他镇定自若地说："对不起，叔叔，一直以来，我从您身上学到了很多东西，我对您一直都是非常敬佩的。即使我们的政治立场不一样，但我对您永远心怀感激。可是我也有自己的信仰，我需要为我自己的信仰而付出努力。"

从那以后，他乘着一辆红色的汽车，每天进行十多次的演说，最终幸运地当选了纽约市参议员。后来，他被任命为海军助理部长。1920年，他竞选副总统，可是最终以失败告终。虽然这次竞选失败了，但他作为政治新星的光芒却没有削减。他凭借着过人的智慧、干练的形象、宽广的胸怀和广泛的民心，继续向政治的巅峰迈出脚步。

然而，就在这时，无情的灾难突然降临。1921年8月，他带着全家在坎波贝洛岛休假，在扑灭了一场林火后，汗流浃背的他跳进了冰冷的海水，因此患上了脊髓灰质炎症。高烧、疼痛、麻木之后，他面临着终身残疾的痛苦——医生告诉他，他将会瘫痪。

那一刻，他欲哭无泪。他实在无法相信正值美好的年华、积蓄能量正准备在政坛上大有作为的39岁的自己，会突然面临这么残酷的现实。

难道这就是命运的诅咒？自己这一生就将这样毁掉？他感到无比的悲哀。可是最终他不得不接受了这样的现实。只要有一线希望，我就决不能放弃！他在心里默默地对自己说。于是，他一直坚持不懈地锻炼，尽管最终他只能坐起来而没能站立起来，但在康复期间，他一边努力锻炼身体，一边继续阅读大量书籍，坚定了自己的理想和信念，使他在精神上“站”得更高了。

经过常人难以承受的磨难后，他比过去变得更加坚毅老练了。下肢瘫痪使他从一个轻浮的年轻贵族变为一个同情并能理解社会下层苦难人民的人道主义者。1928年，他重返政界，参加州长竞选并胜出，于次年出任纽约州州长。1932年，他作为民主党总统候选人参加了竞选，提出了实行“新政”和振兴经济的纲领。

他的政敌们经常利用他的残疾来攻击他：“难道我们的人民想选举出一个坐在轮椅上的总统吗？这在国际上都会是一个笑话。他连自己站起来都做不到，又怎么可能让我们国家的经济站起来呢？”面对这么苛刻的讥讽，他微笑地回应说：“我想，带领人民战胜经济危机，建设一个强盛的国家，绝不可能是依靠总统的一双腿，而是依靠智慧。否则，猴子都可以做总统了！一个总统不需要成为一个杂技演员。我们选他并不是因为他能做前滚翻或后滚翻。他干的是脑力劳动，是想方设法为人民造福。”这时候，他在纽约州州长职位上的出色政绩、从中学时代就锻炼出来的卓越口才以及自身的充沛精力使他的优势得到了充分的发挥。依靠这样的坚忍和乐观，他终于在1933年以绝对优势击败对手，成为美国的第32届总统，并且后来连任四届美国总统，成为史上任期最长的美国总统，也是最有威望的总统之一。

他就是富兰克林·罗斯福。他的人生态度决定了他事业上的高度。在他的成长和奋斗的过程中，一路走来，他信念坚定，刻苦努力，极其注重提升自己的素质，培养自己的能力，以便更具备一个政治家所需要的本领和魅力。他使自己变得优秀，使自己在芸芸众生中脱颖而出。可是，就在他踌躇满志、阔步向前的时候，命运给了他狠狠的一击。他的身体被击倒了，可是他的梦想没有被击倒。他没有就此消沉堕落，没有就此自暴自弃，而是以坚毅的性格和坚定的意志，使自己重新“站”了起来，重返政坛，继续追逐自己的梦想。

我们不能决定命运中遇到的事情，但是我们可以决定事情发生后，自己面对结果的态度。不管是悲观失望、怨天尤人，还是坚忍不拔、迎难而上？我们的态度决定我们精神的高度，我们的态度决定我们人生的成败。

每个人的生命只有一次，既然我们不能改变已经发生的事情，那么我们就应该坚强地面对它。面对磨难和挫折，我们绝不能低头，绝不能认输，我们要百折不挠、永不言败。只要我们始终保持一颗炽热的心，始终保持奋斗的激情，永远不放弃自己的梦想，我们就可以迎来命运的转折，就可以创造出自己的人生传奇。

人的一生中，不可能永远一帆风顺，总会遇到这样或那样的风浪。有的人幸运一些，遇到的挫折小一些；有的人没这么幸运，遇到的挫折比较大。可是，遭遇大挫折的人，往往会得到更大的人生领悟，往往会更加珍惜来之不易的奋斗机会，往往会取得比别人更大的成就，从这个角度来说，他们才是更幸运的。因此，当我们遇到磨难的时候，不要认为这是命运的不公平，我们应该把它理解为上帝对我们的偏爱，上帝用这样一种方式锻炼我们的抗压能力，锤炼我们的坚毅品格，用这样一种方式促使我们比别人更坚强、更努力，从而使我们获得别人无法获得的成功。

挑拨离间会损人害己

牛老实能干，耕地兢兢业业、一丝不苟，深得主人的喜欢。主人常常亲自去割鲜嫩的青草来给牛吃。

与牛得到优待形成鲜明对比的是驴——驴在劳动时经常偷懒，主人对它非常恼火，常常骂它是“蠢驴”，给它吃的食物也比较差。

驴很妒忌牛，便有意去挑拨离间。

驴偷偷对牛说：“你知道吗？主人最近给你吃得好、睡得好，是想把你养肥，然后把你杀了去卖肉呢！”

牛听了，愤然说：“我为主人这么卖力干活，他竟然对我这么残忍，他真是太没良心了！”

于是，牛郁郁寡欢。

驴又偷偷找到主人，说：“主人，您知道吗？牛最近想逃跑呢，它说跟着主人您很没自由，它想去做一头野牛。”

主人听了，恼怒地说：“我对它这么好，它竟然还想背叛我，真是没良心！”

第二天，主人拉着牛去耕地。

牛因为听了驴的话，非常疑惧，昨天一整天吃不好睡不好，因此耕地时无精打采。主人见牛无精打采，更加认为牛是因为想逃跑，所以心不在焉。

主人终于忍不住，第一次用鞭子抽打在牛身上，口里骂道："我对你这么好，你为什么还想背叛我？"

牛索性停下来，圆睁着双眼，大声对主人说："我什么时候打算要背叛你？倒是你，为什么想把我杀了拿去卖？我可为你立下不少功劳啊！"

主人一愣，说："谁说的？我从来没有打算要杀你呀。"

牛说："驴说的。"

主人恍然大悟，说："原来是驴在挑拨我们之间的关系。真是岂有此理！"

驴看见主人拿着鞭子怒气冲冲地向自己走来，知道大事不妙，吓得撒开腿就往前跑……

在我们的现实生活中，有时也会遇到类似故事中的驴那样的人，他们平时不勤奋、不努力，不把心思放在如何提高素质和能力上，眼睛却老盯着别人，既不想付出辛劳，又想比别人得到更多；一旦看到别人得到上司的器重，前途要比自己光明，马上就心生嫉妒，千方百计要把别人拉下马来。于是，说三道四、挑拨离间就成了他们的惯用手段。如果遇到昏庸一点的上司，他们的这种招数确实会奏效。一旦上司与优秀人才互相怀疑、心生嫌隙之后，优秀人才往往就因此得不到上司的重视，甚至会遭受排挤了。但是，"路遥知马力，日久见人心"，挑拨离间可能在短时间内发生作用，但时间一长，谁是什么样的人，谁是君子谁是小人，大家终究会弄明白。到时，真相大白于天下，受了委屈的人终究会得到上司和大家的理解，而喜欢挑拨离间的人，也必将在大家鄙视的目光中，如过街老鼠一般抬不起头来。

挑拨离间，始终是一种损人不利己，甚至损人害己的手段。一些人去挑拨了他人的关系，自己一点好处也得不到，还被人记恨。有时，虽然挑拨者能得到暂时的利益，可是从长远来说，终究会露馅，终究会被别人唾弃。这种暂时的利益，会害了自己长远的一生。所以，想通过挑拨离间获取利益的人，是目光短浅、可笑可悲的人。

那么，我们要怎样避免让那些喜欢挑拨是非的小人得逞呢？一方面，需要我们拥有一双智慧的眼睛，增强自己的辨别力，懂得察人、识人，不能偏听偏信，不能见风就是雨，对于他人的“告状”，要认真调查，全面核实，不要急于下结论，不要急于兴师问罪。对于没有的问题，要及时澄清，还人以清白。另一方面，如果自己陷入了被人误会的境况，不要什么事都憋在心里，暗生闷气，或者一气之下使用过激的言行，这样只会使矛盾更加深化、情况更加复杂、误会更加难以消除。我们要主动加强与相关的人的沟通，说明情况，争取及时消除嫌隙，填平鸿沟。另外，我们要警惕那些口是心非、口蜜腹剑的小人，远离他们，不要对他们多说任何东西，不要向他们透露任何秘密，更不要参与他们制造的任何“话题”，让他们捡不到漏子。

我们既要警惕那些喜欢挑拨是非的小人，同时又要经常告诫自己，永远不要成为那样的人。只要我们勤奋努力，用正常的方式方法去争取自己的东西，自然会得到应有的回报；相反，如果自己不努力，还要去搬弄是非，那就必然会遭到相应的惩罚，遭到大家的唾弃。好好地把心思用在做事上，不要用在给别人制造矛盾上，这样才能真正赢得别人的尊重，才能与大家融洽相处。

相互祝福才是真友谊

夜莺和麻雀从小在一起长大，是一对非常要好的朋友。它们无论是外出寻找食物，还是出去散步、玩耍，总是走在一块儿。它们的友谊令其他鸟儿非常羡慕。

夜莺天生有一副好嗓子，它报名参加了森林里举办的万鸟歌唱大赛，在大赛中一举夺魁，于是立刻名声大振，成了森林里的明星鸟。

夜莺成名后，很多鸟儿主动来找夜莺，希望和夜莺做朋友，夜莺都是很友好、很谦和地对待它们的来访。一有空，夜莺就像往常一样去找麻雀玩，可是麻雀总是有意无意地躲着它。夜莺心里非常纳闷，想来想去也搞不明白。

有一次，夜莺在路上与麻雀偶遇。

夜莺热情地向麻雀打招呼："你好啊，麻雀，我们好久不见了！"

麻雀不冷不热地说："是啊，你现在是大明星了，而我只是一只不起眼的小麻雀，我怎么还能经常见到你呢？"

夜莺听了这话，心里很不是滋味，但仍然强装笑脸说："我去找了你很多次呀，但你都不在家。你是不是故意躲着我呢？"

麻雀冷笑一声，说："我跟你不同，你现在朋友这么多，有这么多人追捧，还有很多演出，有很高的收入，过着公主一般的生活；而我整天要为生活奔波，我怎么可能老待在家呢？这不，现在我又得出去寻找食物了，不然就得饿肚子了。"说完，麻雀不再理会夜莺，转身飞走了。

夜莺听了麻雀这些伤人的话，难过地哭了。

树上的黄鹂听到了它们的对话，飞到夜莺身边，安慰夜莺说："你也不要太难过了，麻雀这样的朋友并不值得你留恋。"

夜莺不解地说："你为什么这么说呢？我跟麻雀可是从小玩到大的朋友呢。"

黄鹂说："因为麻雀的心胸太狭隘了。它就是那种'只要你比我过得好，我就受不了'的家伙。在你们地位对等的时候，也许你们还可以相处得比较好；一旦你过得比它好了，它就会心理不平衡。它不会因为你过得好而祝福你，反而会因为你过得好而心里不愉快。所以呢，放弃这样的朋友，其实不算件坏事。"

夜莺听了，若有所思，虽然心里仍然觉得有些遗憾，但也豁然开朗了。

现实生活中，不少人都会结交上像"麻雀"这样的"朋友"，平时大家都在一起玩，也不会觉得有什么；可是一旦你在事业上超越了他们，生活越过越好，他们就会心理失衡，就会在内心里嫉妒你、排斥你，甚至故意在其他朋友那里说你闲话、说你怪话、说你坏话，希望在诋毁你的过程中得到自我安慰。

有两种"朋友"不值得交：一种是可以共富贵，但不能共患难的"朋友"。这种人在你还有利用价值的时候，就甜言蜜语，与你称兄道弟、姐妹情深；一旦你落难的时候，他们就消失得无影无踪，联系不上；或者当你遇到困难向他们求助的时候，他们就找各种理由来搪塞你，不肯施以援手。遇上这样的人，一旦有求于他们时，你往往就能马上看清楚他们的本质，会自觉地疏远他们。另一种就是可以共平庸，但不祝福别人的“朋友”。这种人的心态往往都能藏得很深，平常很难看得出。他们自己不追求上进，满足于平庸的生活，但也见不得别人好，希望别人跟自己一样平庸，或者比自己更加平庸，以此达到心理平衡。一旦看到身边的朋友一个个活得比自己成功，过得比自己好，他们不是在祝福朋友的同时，自己也努力奋斗，而是寄希望于别人快点倒霉、快点遇到磨难、快点重新过上比自己更差的生活。这样的“朋友”，实在不值得交往、不值得留恋。

什么是真正的友谊？真正的友谊就应该是相互扶持、相互祝福。当看到朋友伤心难过的时候，自己会感同身受，及时予以开导和抚慰；当看到朋友遭遇不幸、遇到困难的时候，自己会急朋友之所急、忧朋友之所忧，力所能及地帮助朋友解决问题、化解困难；当看到朋友获得成功、走向幸福的时候，自己会衷心地祝福朋友，会为朋友感到由衷的高兴，并且引以为豪。

相互尊重、相互祝福，朋友之间的友谊才会越来越深厚，越来越牢固，彼此之间也就更可能共同进步、共同走向更加幸福的未来。

心态比财富更重要

有这么一个故事：

有一个老头，每天都要到海边钓鱼。他弄了一张躺椅放在沙滩上，然后每天睡在躺椅上，晒着温暖的阳光，悠闲地看着钓竿。当看到有鱼上钩时，他才不紧不慢地起身将鱼拉上岸来。他每天来得迟、走得早，只要钓到几条鱼，就提着鱼回家了。

这天，有一个富翁路过这里。他看到老头提着几条鱼准备收工回家，就不解地问："天色还这么早，你才钓到这么几条鱼，怎么就准备回家了？"

老头笑着回答："这些鱼已经足够我吃了呀。"

富翁摇了摇头，说："你怎么就这么目光短浅呢？我给你一个建议：你每天早点来，晚点回去，每天尽量多钓一些鱼，把那些多钓的鱼拿去市场卖掉，把钱积攒下来。等钱攒够了，你就可以买一条船，然后就可以打更多的鱼，卖更多的钱。等有了更多的钱，你就可以开渔业公司，自己做老板，成为像我一样的富翁。"

老头问："成为富翁以后呢？"

富翁一愣，说："成为富翁以后，就可以很好地享受生活了呀。你就可以在海边买一栋房子，在沙滩上放一张躺椅，每天晒着温暖的阳光，悠闲地钓钓鱼。"

老头哈哈大笑，说："我现在不是就过着这样的生活吗？"

人们拼命想拥有财富，因为大家都认为拥有了财富，就可以好好地享受生活、拥有幸福了。可是拥有财富，真的就会觉得自己幸福吗？而没有多少财富，生活就一定不幸福吗？答案当然是否定的。一个人是不是幸福，最重要的是生活的态度。富人有富人的烦恼，穷人有穷人的乐子。

俄罗斯金融寡头戈尔曼·史特里戈夫（German Sterligov）24岁时就开始创建公司，20世纪90年代初，他创建俄罗斯首家商品交易所，这一领域迅速发展繁荣，他很快就成了俄罗斯的传奇富豪，当时他拥有2500名员工，被美国人视为"新型俄罗斯"的代表。他建立起来的金融帝国足够确保他能终生享受奢华的生活。

然而，出人意料的是，史特里戈夫却选择放弃了富人纸醉金迷的生活，甘愿到丛林中过上现代农夫的安静生活。他卖掉了在纽约的公寓、华尔街和伦敦的办公室、日内瓦的别院、勃艮第的城堡以及莫斯科的总部等，抛售价值数十亿美元的股票，让妻子卖掉珠宝首饰、名牌衣服等，然后带着妻子和4个孩子前往偏远地区的丛林深处，过上了隐居的生活。他们搭建了帐篷，自己建造小木屋，在简陋的房子里住下来；他的妻子换上了传统长裙和俄罗斯农民的头巾。在那里，他的妻子生下了他们的第五个孩子。

当有人问史特里戈夫是否会为当初"失去理智"的决定感到懊悔时，史特里戈夫摇了摇头，回答说："不，直到现在，我一点都不后悔。你如果问我以前的富人生活快乐吗？我会告诉你，以前的生活就像被关在笼中的小鸟。我就像一个奴隶一般过着担惊受怕的生活，我和我的家人总是害怕遭到绑架或谋杀。为了躲避这些威胁，我们搬了23次家。我不再想成为愚蠢的商人，不再想坐在豪车游艇里，内心却无比煎熬。现在，我们来到乡村生活，一切是那么平静，一切是那么美好，我们每天过得心安理得，每天活得平淡而开心。”

财富，其实是一把“双刃剑”，在给你带来物质方面的满足的同时，也会给你带来许多不可预料的烦恼。心态，才是我们获得幸福的基石。学会用一种好的心态来热爱生活、享受生活，比获得财富更重要。有了好的心态，无论财富是多是少，我们都能让自己的生活过得幸福快乐、过得海阔天空。

修炼好心中的琴

公子跟一位著名的大师学琴。练琴之时，几只小鸟在树上叽叽喳喳叫个不停。公子罢琴，心烦地说："这些鸟真是吵死人了。"大师半闭双目，缓缓地说："继续练琴。"公子继续弹奏，忽见两个妙龄少女从远处款款走来，禁不住老分心，双眼不时向两个少女瞟去，琴音连连出错。大师叹息说："你心神不定，又怎么能学好琴？练琴时一定要集中精神，心无旁骛，只有这样，你才能将自己完全融入琴声中，然后使琴声达到至高境界。"公子幡然醒悟，从此以后，专心致志地练琴，不再为外物所动。

一天，公子与大师上街买琴。路中间，一位高龄产妇突然临产，处在危难之时。旁边围了一大群人，可是大家都在看热闹，无人上前帮助产妇。公子直直地经过，目不斜视。大师叫住他："你为什么对产妇的险境视而不见？"公子说："我心中只有琴。"大师训斥道："如果失去善良本性，变得内心冷漠，就算你再怎么练琴，你的琴声也无法达到至高境界。因为琴声中是美的世界、美的生活、美的灵魂。只有美好的心灵，才能创造出美妙的音乐。"公子悔悟，急忙反身，与大师一起，将产妇送去看郎中。

哀莫大于心死，一个内心冷漠的人，一个对别人的快乐，对别人的痛苦无动于衷、麻木不仁的人，无异于心灵已死，无异于失去灵魂。这样的人是非常悲哀的，无论他们在事业上获得多么大的成功，也无法改变他们的人生悲剧，因为他们不会被人们尊敬，甚至会遭受人们唾弃；因为他们不会快乐，他们一生孤独，永远无法感受到幸福。

每个人的内心都应该有一把琴，修炼好心中的那把琴，才能让自己的内心充满灵动，才能让自己深刻地感受到什么是真、善、美，才能让自己体察到别人的悲伤和快乐，才能让自己的情感和别人的情感融合在一起，从而彼此感染对方的快乐，化解对方的悲伤，赢得相互理解、相互尊重、相互友爱。

每个人的内心都应该有一把琴，我们要经常用心灵的抹布轻轻地将它擦拭干净，不要让它蒙尘，更不要让它生锈，因为它是我们一生中最珍贵的东西。因为如果心中的琴变坏了，或者丢失了，我们就无异于变成了行尸走肉，失去了做人的意义。人之所以为人，是因为拥有丰富的情感，拥有感性的细胞，拥有一颗会爱的心，会喜怒哀乐，会同情、怜悯他人，会安慰、帮助他人。

然而，在当今竞争日益激烈、物欲横流的社会，到处充满诱惑，到处充满陷阱，一些善良的人受到欺骗、受到伤害，一些狡诈的人占到优势、获得名利，由此导致部分人对社会的公平正义、对传统的伦理道德产生怀疑，甚至摒弃。一些人变得内心冷漠，事不关己高高挂起，对别人的不幸、悲伤熟视无睹，不愿意伸出援助之手；一些人变得自私自利、冷酷无情，为达目的不择手段，为了自己的利益，不惜损害别人、陷害别人。

修炼好自己心中的那把琴，才能始终保持纯洁的心灵、善良的本质，才能始终保持对生活的热爱、对人生的激情，才能让自己的生活变得丰富多彩，才能让自己的人生充满意义。反之，一旦心中的那把琴被毁坏、被遗弃，就会失去自我、迷失灵魂，使自己萎靡不振地生活在这个世界上，或者总是与人钩心斗角、明枪暗箭，最终伤人伤己。自己没有怜悯之心、没有同情之心，只有冷漠或者仇恨，那么，生活必将陷入无尽的黑暗中。一个人不懂得怎样去爱别人，自然也不会得到别人的爱；一个人不懂得珍惜别人，自然也不会被别人所珍惜。即使你再怎么才华出众，即使你再怎么聪明能干，但如果对别人没有感情，缺乏德行修养，对于他人而言，你的存在也没有多大意义。德才兼备，才会令人肃然起敬；德才兼备，而且应该以德为先。

心中的那把琴，是人之常情，是人间真情，是我们做人必须守住的底线。无情的人，总是在伤害别人的同时，也在伤害自己；他们让别人不快乐，自己也同样失去了快乐。生活之中，他们无比孤独，他们感到生活没有任何色彩，他们觉得人生毫无意义。即使占有名利，却永远没有满足感和幸福感。因此，我们永远都不要放弃心中的那把琴，好好地修炼好心中的那把琴，因为这是我们的快乐之源，这是我们活着的意义所在。

只交值得信任的朋友

按照许多人传统的观点，一般都认为越是聪明的人，越多疑，越不容易信任他人。但一项新的研究颠覆了人们的这种观点。这项研究得出的结果恰恰相反：智力与“普遍信任”呈强烈正相关性。这里的“普遍信任”指的是你认为大多数人都是可信任的，也就是说，你认为一般而言，你身边的人基本上都是好人。

在这项研究中，牛津大学研究人员调查了来自美国社会综合调查(General Social Survey)的数据。在这项调查中，研究人员将拥有不同社会经济状况、婚姻状况、种族、年龄、宗教信仰的人们分成两个组，一个组智力水平比较高，另一个组智力水平一般，他们都被问到了同一个问题：“一般而言，你是觉得大多数人都可以信任，还是觉得与人打交道再小心都不为过？”回答的结果显示，前者对他人的信任度比后者对他人的信任度高出 34 个百分点。而且这些结果在不同社会经济状况、婚姻状况、种族、年龄、宗教信仰的人们中都趋于一致。

为什么会是这样的结果呢？经过深入分析，研究人员得出了这样的结论：聪明的人更善于评估他人的可信度，因此他们喜欢选择自己认为可以信任的人来交往，他们觉得这些人不太可能背叛自己。智力水平一般的人，往往对社会存在的欺骗现象感到害怕，他们缺乏分辨能力，同时也缺乏自信，他们不太敢与人交往，或者与人交往时不能很好地甄别哪些人值得信任，因此也就更容易不信任别人。

牛津大学的研究人员还就与信任相关的东西做了进一步跟踪调查，又发现了一个非常一致的结果——普遍对他人更信任的人比不太愿意信任他人的人拥有更好的健康状况，无论是身体还是心理，都处于更为良好的状态之中，他们的幸福感和满足感更强。

其实，无论智力水平是高是低，我们都应该努力做到一件事——只交值得信任的朋友。在交往的过程中，我们要学会听其言、观其行，明辨他的为人、他的品质。只有身边的人值得信任，我们才会更信任他人。当我们处在一个充满信任的生活环境中，我们的生活将会更安全、更愉快、更健康。

把屈辱当成鞭策

美国著名的黑人电台节目主持人狄克·格里戈在人们眼里是个了不起的人物,可谁又能想到他在童年时,幼小的心灵曾经受过多大的伤害呢?

格里戈出身于一个贫寒的黑人单亲家庭,母亲含辛茹苦却不能改变贫困的家境。在格里戈7岁那年,有一次老师让同学们为“社区基金”捐钱。格里戈不忍向妈妈提出这种“奢侈”的要求,但他却希望能像其他同学一样献出自己的爱心。于是,格里戈瞒着别人,偷偷去捡垃圾卖钱。几天后,他靠捡垃圾挣了3美元。

捐款这天,格里戈激动地等待着老师叫他的名字,然后他便可以自豪地走上讲台捐出自己挣的血汗钱了。然而老师将同学们的名字念完之后,并没有念到他的名字。他感到很奇怪,终于忍不住问老师为什么不叫他的名字。

老师大声地对他说:“我们这次募捐正是帮助你和像你这样的穷人。这位同学,如果你爸爸出得起你5美元的课外活动费,你们就不用领救济了。何况,你没有爸爸……”

格里戈听了，眼含泪水冲出了学校。羞辱让他变得坚强和努力。从此，他拼命学习和工作。后来，他终于使自己的人生充满了光辉。

台湾歌手刘若英还是孩子时，一直梦想有一天能走上舞台，唱出自己的歌。然而，当时有一位著名的音乐制作人对她说："你的嗓音和你的相貌同样不漂亮，我看你很难在歌坛有所发展。"这番话深深地伤害了刘若英的自尊心，但她没有选择离开，而是默默地留下来为别人端茶、倒水、制作演出时间表、替歌手拿演出服装……同时，她暗地里更加努力地学习歌唱技巧。终于，她成功了。她微笑地站在了自己的舞台上，用并不惊艳却十分温暖的嗓音感动了人们。

屈辱并不可怕，可怕的是对它感到麻木，或者因此自暴自弃；如果把屈辱当成对自己的鞭策，那么它就会化成催人奋进的动力，成为一个人走向自强和成功的推手。

·价值不变

有一个商人由于生意失败，从一个千万富翁变成了一个负债累累的人。商人心灰意冷，来到河边，准备跳河自尽。

有位正在钓鱼的老人发现了他的异常举动，急忙跑过来拉住他，对他说："你还这么年轻，有什么想不开的呢？"

商人叹了口气，说："我经商被人骗了，如今欠了一大堆的债，每天都被债主逼着还钱。想想我曾经的财富达到数千万元，生活充裕，家庭幸福，而现在却落到这般田地，还要连累妻儿跟着受苦，哪还有脸活在人世间呢？"

老人问："那你以前是怎么获得那几千万家财的呢？"

商人说："我是白手起家，靠着自己的努力，一点一点地打拼来的。"

老人接着问："那你对以前的那个自己满意吗？"

商人回答："当然，那时候的我充满了勇气、充满了自信，一旦有机遇，自己就会马上想方设法地抓住。不瞒你说，我那时还真有一些经商的天分呢。"

老人听了，走过去从地上捡起自己的鱼篓，举到商人眼前，对他说：

“你看里面有什么？”

商人愣了一会儿，目光在鱼篓里搜索了一阵，说：“里面空空的，什么也没有。”

老人微笑着说：“其实今天本来我已经钓到五六条鱼了，可惜刚才来了一只猫，在我没留意的情况下，它用爪子把鱼篓的盖子打开了，结果那些鱼全部逃走了。你想想，这时候我应该回家吗？不，因为我的钓竿还在，钓竿的价值并不会因为鱼逃跑了就被贬低，它还可以继续钓大鱼的。”

商人听了，沉默了良久，然后紧紧地握住老人的手，泪流满面，激动地对老人说：“谢谢你，老伯！我明白了，虽然我在人生的大海中暂时翻了船，但我的能力还在，我的个人价值还在，我还可以从头再来！”

老人微笑着点了点头，然后急忙去提在岸边的钓竿——又有一条大鱼上钩了！

在我们的人生中，总会遇到这样那样的挫折和磨难，也总会失去一些曾经拥有过的东西，但是无论如何，我们都不要心灰意冷，不要自暴自弃。因为我们的人生价值并没有改变，我们还可以用努力来继续证明自己。

用奔跑来忘记悲伤

《茶花女》是小仲马根据亲身经历所写的一部力作。这部作品一经出版，就在全国引起了很大轰动，小仲马也因此一举成名。随后，小仲马又将小说改编成剧本，把故事推上了舞台。这个真切感人的故事悲情上演，令剧场爆满，万人空巷。

面对出乎意料的巨大成功，小仲马的内心十分复杂，既充满了激动，又感到无限悲伤，激动的是自己的作品打动了读者和观众的心弦，悲伤的是自己永远失去了心爱的女人——《茶花女》女主角玛格丽特的原型玛丽·杜普莱西。

全国还在热销着他的小说，剧场还在热演着他的剧本，小仲马却沉浸在无尽的悲伤中无法走出来，以致他根本没有心思再继续写其他作品。

这天，小仲马的父亲大仲马来了。他看到儿子正在泪流满面地独自饮酒。大仲马惊讶地说："我亲爱的孩子，全国上下都在观看、热议着你的作品，你现在的名气已经不亚于我了。我觉得你应该感到兴奋才对呀，为什么却在这里默默流泪呢？"

小仲马摇了摇头，忧郁地说："不，我的这一切成功都是来源于玛丽·杜普莱西。可是，她却永远离开了我，我也永远找不回和她在一起的快乐时光了。如果她还活着，能亲眼看到我的作品和我的成功，那该多好！”

大仲马听了，沉默了片刻，拍了拍小仲马的肩膀，说：“孩子，我们出去走走吧。”

父子俩走出了家门。大仲马带着小仲马来到了一条小河旁，然后对儿子说：“瞧，多么清澈的河流呀！”

小仲马面无表情地点了点头。

大仲马突然卷起裤管，在地上捡了一根树枝，走进河里，拿着树枝往小河里乱捣一通，不一会儿，小河的水就变得混浊起来。

小仲马吃惊地望着父亲，大声问道：“父亲，你这是在干什么？”

大仲马哈哈大笑，走上岸来，对儿子说：“你瞧，河水被弄脏了！可是，你要知道，河水很快就会恢复刚才的清澈。有时下暴雨，这里整条河流都会变得混浊。但过不了几天，河水又会重新变得清澈。因为河流总在不停地向前奔跑，总在不断地追求自己的梦想，所以它不会让混浊的心情停留太久。”

小仲马听了，恍然大悟，他用力点了点头，说：“父亲，我明白了。放心，我会振作起来的！我也要用奔跑来忘记悲伤，用追求来取代消沉。”

大仲马双手紧紧扶住儿子的肩膀，说：“儿子，我相信你一定可以做到！我期待着你的新作品。”

于是，小仲马把全部心思放在了写作上。《半上流社会》《金钱问题》《私生子》等作品陆续出版并受到了好评。

每个人都会遭遇人生的坎坷，每个人都会有埋藏在心底的悲伤，但是请记住，千万不要让自己一直沉浸在伤痛中，更不要因此而颓废、因此而放弃自己。失去的东西不可能再回来，眼泪也换不回时光的倒流。

让自己重新振作起来吧，用奔跑的脚步，朝着梦想不断前进，让自己在追求中忘记悲伤，用新的收获来充实自己、丰富人生。

亲情比成功更重要

那年，著名导演李安构思要拍一部叫《卧虎藏龙》的影片，他首先想到的男主角人选是“功夫皇帝”李连杰。于是，他找到李连杰，跟李连杰详谈了自己影片的构想。听完李安的介绍后，李连杰对这部影片也充满了兴趣，答应出演男主角。

李安从一开始，就打算要将《卧虎藏龙》拍出最好的水平，打造精品中的精品，以冲刺奥斯卡大奖。因此，剧本一改再改，一直推迟了两年，才打算正式开拍。

所有的准备工作都做充足了以后，李安高兴万分地打电话给李连杰：“我要告诉你一个好消息，我们已经全部准备好了，《卧虎藏龙》马上就可以开拍。相信我，这部影片会在全世界走红，会是影坛中的顶尖之作！”

然而，令李安意外的是，李连杰的答复却是：“真是抱歉，我的太太怀孕了，我答应过她，如果她怀孕生小孩的话，我会推掉一年之内的所有工作，专心照顾她。所以，看来我是无缘这部构思精妙的影片了。”

李安愣住了，但仍然不甘心地说：“可这部影片是为你量身定做的呀，如果你不出演，将是多么可惜！我现在全力打造这部影片，我相信，只要你出演，一定会使你的知名度得到很大提升，甚至会让好莱坞的眼光都充满惊讶。”

李连杰平静地说：“可是我认为，没有任何成功能够比我的亲情更重要。”

后来，《卧虎藏龙》的男主角不得不改为了周润发。这部影片播出后，立刻引起了巨大轰动，并获得了四项奥斯卡大奖，成为奥斯卡颁奖大会上最灿烂的一道风景。

有人对李连杰说：“如果当时你出演《卧虎藏龙》，在奥斯卡颁奖大会上最风光的人也许就是你了，但你却错过了。对此，你觉得遗憾吗？”

李连杰依然平静地说：“不会，一个人对生命有了解的话，就不会有这样的想法。虽然错过了一个很好的机会，但我体会到了亲情的幸福，这才是最珍贵的。相反，如果当时我不是陪在太太身边，好好照顾她，而是去追逐自己的名利，这才会让我一辈子感到遗憾和愧疚。”

没有任何成功比亲情更重要。事业失败了可以重新再来；一旦亲情丢失了，生活将变得冰冷，任何成功都不再有意义。因此无论什么时候，我们都要把亲情放在事业之前，因为亲情的关爱最值得珍惜。重视亲情，不要自私，勇于付出，你也会拥有幸福的人生。

· 放得下才能快乐

有一个中年人事业有成，却总是郁郁寡欢。他很想摆脱内心的郁闷，让自己变得快乐起来。他很羡慕那些快乐的人，希望能从中找到让自己变得快乐的方法。

于是，他给自己放了假，专门到人海中寻找那些快乐的人。

在乡下，他看到一个骑在牛背上吹着竹笛的牧童，脸上洋溢着幸福快乐的表情。

他问牧童："你快乐吗？"

牧童回答："我很快乐呀。"

他又问："那你是怎么让自己快乐的呢？"

牧童说："每当我心情不好的时候，我都会拿起我的笛子，吹上我最喜欢的曲子，然后我的心情就会好起来，人也就快乐起来了。"

中年人向牧童借了竹笛，吹起了自己熟悉的曲子。可是他仍然无法感到快乐，于是摇了摇头，将竹笛还给了牧童，重新走上了寻找快乐之路。

他在河堤旁的小径上，看到了一个年轻人，穿着运动服，戴着耳机，正陶醉地沿着河堤慢跑，脸上的表情放松而满足。

他叫住年轻人，问："你快乐吗？"

年轻人回答："当然，我非常快乐。"

他又问："你是怎么让自己感到快乐的呢？"

年轻人说："瞧，我一边听着自己喜欢的音乐，一边放松地慢跑，欣赏着河堤上美妙的风景，全身心地放松，所以感到很快乐呀。"

中年人回家换上了运动服，也戴上了耳机，然后沿着河堤慢跑起来。可是他觉得自己的步伐非常沉重，跑了一会儿就气喘吁吁、汗流浃背。他皱着眉头自语道："这简直就是一种折磨，怎么能快乐呢？"

中年人百无聊赖地来到公园，看见一位老人正在悠闲地打着太极拳，脸上始终快乐地微笑着。

他问老人："你快乐吗？"

老人回答："当然快乐！"

他又问："那你为什么会觉得快乐呢？"

老人说："我在打拳的过程中，感到身体保持着健康。而且，公园里鸟语花香，人沉浸在这么美好的环境中，怎么能不快乐呢？"

中年人叹了口气，说："可这是多么地浪费光阴呀。现在有多少人正在竭尽全力地奋斗着，自己稍有松懈，就会被别人超越。家里孩子的读书和就业问题，也都让我感到无比揪心，真是担心一代不如一代呀……"

老人呵呵一笑，说："你什么都放不下，又怎么能快乐呢？"

其实家家都有本难念的经，每个人都有自己的人生烦恼，万事如意那只是理想和祝福。但有的人却能始终保持快乐的心情，那是因为他们放得下烦恼，能够释放自己的压力。有的人却总是闷闷不乐，那是因为他们把任何事情都看得很重，患得患失。所以，要想做个快乐的人，必须看得开、放得下。

赞美改变人生

曾读到胡适先生一篇名为“看花”的小品文：

“院子里开着两朵玉兰花，三朵月季花；红的花，紫的花，衬着绿叶，映着日光，怪可爱的。

“没人看花，花还是可爱；但有我看花，花也好像更高兴了。

“我不看花，也不怎么；但我看花时，我也更高兴了。”

短短的几句话，令我细细咀嚼后回味无穷，也由衷地佩服胡适先生作为大教育家的睿智和独特眼光。“花儿”可爱，因为有人欣赏而显得更愉快，而欣赏者在欣赏过程中，同样也能分享到一份喜悦。

大音乐家勃拉姆斯出生于汉堡的贫民窟，少年时代为了生活，他不得不到酒吧卖艺。他酷爱音乐，却由于是一个农民的儿子，没有读书的机会，因此无法得到系统的音乐教育，所以，他对自己未来能否在音乐上取得成功缺乏信心。有一次，他鼓足勇气，敲开了舒曼家的大门，真诚地向舒曼进行请教。当他取出自己最早创作的一首C大调钢琴奏鸣曲草稿，手指无比灵活地在钢琴上滑动，弹完一曲站起来时，舒曼热情地张开双臂抱住了他，兴奋地喊道：“天才啊！年轻人，天才……”正是这发自内心的赞美，使勃拉姆斯的自卑感消失得无影无踪，同时也给予了勃拉姆斯从事音乐事业的坚定信心。从那以后，勃拉姆斯的精神面貌焕然一新，音乐的灵感涌如泉水，成为音乐史上一位卓越的艺术家。

营销界的知名人物卡耐基，小时候曾是一个别人公认的坏男孩。在他9岁的时候，父亲把继母娶进家门。当时他们还是居住在乡下的贫苦人家，而继母则来自富有的家庭。父亲一边向继母介绍卡耐基，一边说："亲爱的，希望你注意这个全郡最坏的男孩，他已经让我无可奈何。说不定明天早晨以前，他就会拿石头扔向你，或者做出你完全想不到的坏事。"出乎卡耐基意料的是，继母微笑着走到他面前，托起他的头认真地看着他，接着她回过头来对丈夫说："你错了，他不是全郡最坏的男孩，而是全郡最聪明、最有创造力的男孩。只不过，他还没有找到发泄热情的地方。"继母的话使卡耐基感动得几乎要落下眼泪来。就凭着这一句话，他和继母开始建立友谊；也就是这一句话，成为激励他一生的动力，使他以后成为美国的富豪和著名作家，成为20世纪最有影响的人物之一。

赞美可以改变一个人的信心，甚至可以影响一个人的命运。一个人长期生活在没有赞美，只有羞辱、鄙视的环境里，容易形成阴暗、自卑的性格，对他来说，人生的天空也一定是暗淡无光、毫无希望的。相反，一个人从小就备受关注，不时得到家人、老师、亲戚或陌生人的赞美，其心灵的世界必将充满阳光、充满希望，自信心也由此大增。经常被赞美的人比不受关注的人具有更大的进取心和上进心。

其实，赞美别人是件很简单的事情，有时只需几句轻松的话语，有时只需一个鼓励的眼神，有时只需一个"加油"的手势，有时只需几声清脆的掌声……只要我们细心观察，我们就会发现每个人都有许多优点值得我们去赞美。只要我们有心去赞美，我们就会发现有许多方式可以表达。

因此,多给你身边的人一些赞美吧！“送人玫瑰,手留余香”,你的赞美很可能会改变他人的人生。